한국해양대학교 박물관
해양문화정책연구센터
해양역사문화문고①

윤선도와 보길도

옥태권

지은이 **옥태권**(1961~2016)

경남 거제에서 태어나 한국해양대학교에서 기관학 전공으로 공학사를, 동아대 국문학과에서 문학사, 문학석사, 문학박사학위를 각각 받았다. 범양상선에서 기관사로 승선근무를 했고, 월간 『해기』 편집장으로 일했으며, 부산해양고등학교 교사를 역임했다. 1994년 국제신문 신춘문예에 단편소설 〈항해는 시작되고〉가 당선되어 등단했고, 『해양과 문학』 편집주간과 한국해양문학가협회 이사, 부산작가회의 이사, 부산소설가협회 회장 등을 역임했으며, 경성대학교 겸임교수, 부일전자디자인고 교사를 역임했다.

소설집 : 『항해를 꿈꾸다』(2005), 『달콤쌉싸름한 초콜릿 이야기』(2007), 『말하는 유물』(2013)

해양역사문화문고①

윤선도와 보길도

2019년 3월 20일 초판 인쇄
2019년 3월 25일 초판 발행

지은이 옥 태 권
펴낸이 한 신 규
편 집 이 은 영
펴낸곳 글터
서울시 송파구 동남로 11길 19(가락동)
T 070.7613.9110 F 02.443.0212 E geul2013@naver.com
등 록 2013년 4월 12일(제25100-2013-000041호)

ISBN 979-11-88353-09-5 03810 정가 10,000원

간행사

2014년 4월 16일은 우리 해양사에서는 결코 잊혀지지 않을 비극의 날로 기록될 것이다. 그러나 이러한 비극적인 일이 바다에서 일어났다고 해서 우리가 바다를 경원시하거나 두려워해서는 안될 것임은 분명하다. 지난 두 세대 동안 우리나라의 해양산업은 조선 세계 1~2위, 해운 세계 6위, 수산 세계 13위권으로 성장하였다. 그러나 해양계에서는 정부와 국민의 해양 인식이 매우 낮다는 사실을 지적하고, 삼면이 바다인 우리나라가 한 단계 도약하기 위해서는 바다를 적극적으로 이용하고 개척해야만 한다고 주장해 왔다. 이런 상황에서 발생한 '세월호' 사고는 우리 국민들의 배와 바다에 대한 인식을 기존 보다 더 악화시켜 버린 결정적인 계기가 될 것임은 자명하다.

그러나 우리가 배와 바다를 멀리 하려해도 부존자원이 적고, 자체 내수 시장이 작은 우리의 현실에서는 배를 통해 원자재를 수입해서 완제품을 만들어 해외로 수출하지 않으면 안되는 경제구조를 갖고 있다. 그러한 까닭에 우리는 단순히 배와 바다를 교통로로 이용하는 데 그칠 것이 아니라, 배와 바다를 연구하고, 도전하고, 이용하고, 투자하여 미래의 성장 동력이자 우리의 삶의 터전으로 삼지 않으면 안된다. 이러한 사실을 기성세대에게 인식시키는 데는 많은 노력을 기울여야 하는 데 반해, 그 효과를 기대하기는 어렵다. 따라서 우리의 미래를 짊어질 다음 세대들에게 바다의 역사와 문화, 배와 항해, 해양 위인의 삶과 역사적 의미 등을 가르쳐 배와 바다를 아끼고, 좋아하고, 도전하고, 연구하는 대상으로서 자기 삶의 일부로 친근하게 느낄 수 있도록 교육하는 일이 무엇보다 중요하다. 왜냐하면 우리의 미래를 이끌고 갈 주인공이 청소년들이기 때문이다.

다른 분야와 마찬가지로 우리의 청소년들이 지식과 사고력을 기르는 기본 도구인 교과서에 해양 관련 기사가 매우 적다는 것은 익히 알려진 일이다. 그나마 교과서에 포함된 장보고, 이순신, 윤선도, 삼별초 등의 해양관련 기사도 교과서의 특성상 한 쪽 이상을 넘어가기는 매우 어렵다. 이러한 두 가지 점에 착안하여 우리의 미래를 이끌어갈 청소년들에게 교과서에서 미처 배우지 못한 배와 항해, 해양문학, 해양역사, 해양위인, 해양문학과 관련된 내용을 배울 수 있는 부교재로 활용되었으면 하는 바람에서 해양역사문화문고를 간행하게 되었다. 중고교의 국어, 국사, 사회 등 교과서에 실린 바다 관련 기사의 내용을 보완하는 부교재로 널리 활용되고, 일반인들이 바다의 역사와 문화의 중요성을 재인식하는 데 도움이 되었으면 하는 마음 간절하다.

이 문고가 간행되는 데 재정 지원을 해주신 트라이엑스㈜의 정헌도 사장님과, 도서출판 문현의 한신규 사장님과 편집부 직원들에게 감사의 말씀을 전한다.

2019년 초

김 성 준

책머리에

고산 윤선도 선생(이하에서는 고산 선생으로 칭함)은 조선시대에 살았던 수많은 문인 중에서 시조의 1인자로 손꼽히는 분으로, 국문학의 역사에 그 발자취를 또렷이 남기신 분이다. 어부들의 사계절을 노래한 것으로 알려진 「어부사시사」와 자연의 다섯 벗을 노래한 「오우가」 등은 중 · 고등학교 교과서에 빠짐없이 등장할 정도로, 누구보다 자연을 가까이하고 자연과 더불어 살며 자연을 노래한 자연의 시인으로 알려진 분이시다.

그 중에서도 특히 어부사시사는 우리말의 아름다움과 묘미를 살린 최고의 시조로 손꼽히고 있는데, 「어부사시사」가 지어진 곳이 바로 보길도다. 까닭에 고산 윤선도 하면 자연스럽게 보길도를 떠올릴 정도로 고산 선생과 보길도는 깊은 인연을 맺고 있다.

그런데 고산 선생이 우리말로 된 노래뿐만 아니라 한문으로 된 한시도 아주 많이 지었으며, 고산 선생의 전 생애 중에서 보길도에서 생활하신 기간을 모두 합쳐야 10여년 밖에 지나지 않는다는 것, 그리고 문학가이기 이전에 꼿꼿한 기개와 강직한 성품을 지닌 정치인이었던 탓에 삶의 상당부분을 유배지에서 보냈다는 것을 등등에 대해서는 의외로 모르는 이들이 많은 것 같다.

뿐만 아니라 조선시대에 자연을 노래한 상당수의 문인들이 가난한 가운데서도 행복을 느낀다는 이른바 '안빈낙도(安貧樂道)'의 즐거움을 노래한데 비해서, 고산은 굉장한 부자였다는 사실이다.

따라서 이 책에서는 고산 윤선도 선생의 삶과 작품 그리고 선생과 보길도는 어떤 관계를 맺고 있는가를 중심으로 살펴 볼 것이다.

또 하나 눈여겨 볼 사실은 고산 선생과 관련된 대부분의 유물은 전남 해남의 윤선도 생가인 녹우당에 남아있으며, 해남 윤씨를 대표하는 인물로도 널리 알려져 있다. 그런데 왜 생가도 아닌, 그것도 배를 타고 한참을 들어가야 하는 보길도라는 섬에서 마지막 여생을 보내게 되었을까 궁금하지 않을 수 없다.

고산 선생의 생가는 해남으로 알려져 있지만, 고산 선생이 태어난 곳은 전남 해남이 아니라, 서울 종로구 연지동이다. 당시 서울은 한양으로 불렸듯이 그 지명도 지금의 종로가 아니라 연화방(蓮花坊)으로 불렸던 곳이다. 연화방을 우리말로 풀이하면 연꽃동네 혹은 연꽃이 피는 동네쯤이 되는데, 고산 선생이 마지막으로 거처했던 것이 보길도의 부용동(芙蓉洞)이다. 그런데 부용동은 동네가 생긴 모양이 연꽃 같이 생겼다해서 고산 선생이 붙인 이름으로, 부용은 연꽃의 또 다름 이름이기도 하다. 연꽃 동네인 연화방에서 태어나 연꽃 동네인 부용동에서 돌아가신 것은 우연의 일치라기보다 신기한 느낌마저 들기도 한다. 연꽃은 진흙 속에서 아름답게 꽃을 피운다하여 불교를 상징하는 꽃으로 알려져 있는데, 그러고 보면 어지럽고 번잡스러운 세상에서 연꽃처럼 고고한 세계를 추구했던 고산과 잘 어울리는 꽃인 것도 같다. 본격적으로 고산 선생을 알아보도록 하자.

목차

1 고산 윤선도, 해남 윤씨의 종손이 되다

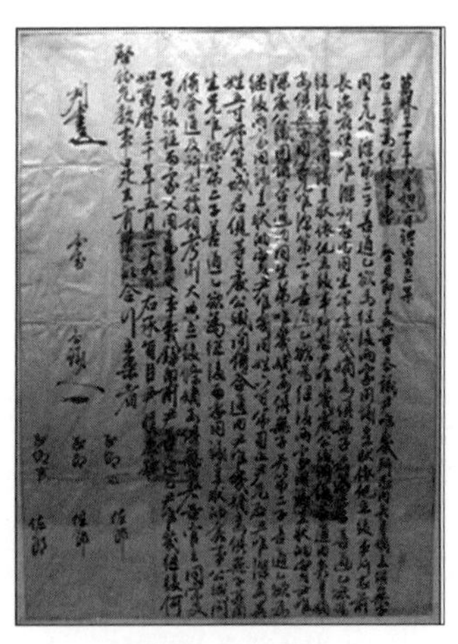

〈윤선도의 입양문서〉

고산 윤선도 선생이 태어난 서울을 떠나 한반도의 땅 끝이라는 해남과 관계를 맺게 된 시기는 그의 나이 8세 때(1594년, 선조 27년) 큰아버지[伯父]인 관찰공(觀察公) 윤유기의 양자로 들어가, 해남 윤씨 대종가(大宗家)의 대를 잇는 종손(宗孫)이 되면서부터였다. 당시만 해도 종가에 대를 이을 아들이 태어나지 않으면, 가문의 자손 중에서 순서를 정해 양자로 들어가 종손의 역할을 하는 경우가 많았다.

고산이 호남 제일의 명문가이자 큰 부자인 해남 윤씨 가문의 종손이 된 과정은, 요즘 시대에서는 이해하기도 힘들고 또 복잡하기까지 하다. 윤선도의 양아버지[養父]인 윤유기는 족보상으로는 백부 즉 큰아버지였지만, 실제로는 작은 아버지[숙부(叔父)]였기 때문이다.

해남 윤씨 가문이 언제부터 호남 최고의 명문가가 되었는지부터 간단히 알아보자. 해남 윤씨 가문이 뛰어난 학문과 예술적 자질로 명성을 얻기 시작한 시기는 윤선도의 증조부인 귤정(橘亭) 윤구 때부터였다. 윤구는 중종 때 문과에 급제해 벼슬길에 올랐는데, 당시 사림의 지도자이자 개혁가였던 정암 조광조와 뜻을 함께하는 바람에 정치에서 물러나 고향인 해남으로 내려오게 되는데, 이때부터 윤구는 자연스럽게 호남사림을 대표하는 인물로 된 것이다.

윤구는 슬하에 윤홍중 · 윤의중 · 윤공중의 세 아들을 두었는데, 가문을 이어야 할 큰아들 윤홍중이 아들이 없었다. 그래서 바로 아래 동생인 윤의중의 두 아들인 윤유심과 윤유기 중에서 차남인 윤유기를 양자로 들였다.

양자가 된 윤유기가 아들을 낳았으면, 윤유기의 아들이 해남 윤씨의 종손이 된다. 그런데 윤유기가 아들을 낳지 못했던 것이다. 하는 수없이 형 윤유심의 세 아들인 윤선언, 윤선도, 윤선계 중 차남인 윤선도를 양자로 들였다. 까닭에 실제로는 작은 아버지였지만 족보상으로는 큰 아버지였던 윤유기에게 양자로 들어가면서, 윤선도는 호남 제일의 명문가이자 대부호였던 해남 윤씨의 대종손(大宗孫)이 되었던 것이다.

2 고산의 청소년기와 청년기

이 시기는 어린 시절부터 이이첨을 규탄하는 글인 〈병진소(丙辰疏)〉를 올리기 전까지를 말하는 데, 나이로는 30세 이전까지에 해당된다. 윤선도는 앞서 살펴 본 것처럼 1587년(선조20년) 서울 연화동에서 태어났는데, 어려서부터 성품이 특이하고 총명하기 이를 데 없었다고 한다. 그가 관찰사인 백부 윤유기의 양자로 들어간 것은 여덟 살 때였다. 처음에는 이 사실을 즐거워하지 않았으나, 나중에는 가문을 위해서 아주 중요한 일임을 깨닫고 양부모를 섬기는 데 정성을 다하였다고 한다.

그러나 태어난 고향 서울을 떠나 남도의 맨 끝인 해남의 백부 댁으로의 입양은 심리적으로 큰 영향을 주었을 것으로 짐작된다. 한참 뛰놀아야 할 시기에 마음을 주고받을 친구 하나 없는 낯선 곳에서 적응하며 살아간다는 건 그 나이에는 결코 쉽지 않은 일이다. 또 친부모가 아닌 양부모라는 환경과 귀한 종손이라는 신분으로 인해 몸가짐 또한 조심스러웠을 터다. 마음을 터놓을 마땅한 대상이 없으면, 사람들은 본능적으로 주변의 사물로 향하게 된다. 고산의 경우는 자연이 그 대상이 되었을 가능성이 대단히 높다. 이는 후일 자연을 대상으로 한 시를 창작하고 자연 속에 은둔하는 생활이 가능하게 되었던 것이 아닌가 추정할 수 있다.

고산의 청소년 시절 중 특별히 기록된 장면이 하나 남아 있다. 11세에 산사에서 독서를 할 때 수륙대회(水陸大會)로 사람들이 구름같이 모여들었는데도, 태연히 독서에 몰두했다는 기록이 남아 있다. 수륙대회란 불교에서 고혼(孤魂)과 아귀(餓鬼)를 위해 제사를 올리는 의식이라 한다. 볼거리가 없었던 시절 많은 승려들이 동시에 거행하는 행사에다 수많이 인파들이 모였으면 무척이나 시끌벅적했을 터인데도, 개의치 않고 독서에 몰두했다는 것은 고산의 인물됨과 집중력을 보여주는 사례라 할 수 있겠다.[1] 고산이 처음 시를 지은 것은 14세 때인 양부 관찰공을 따라 안변 임소로 가던 중 한시인 자국도회주(自國島廻舟)라는 시를 남겼다.

---

1) 이 장면에 대해 고미숙은 '고산이 후일 보여 줄 결벽증에 가까운 고지식함 또는 집중력을 예견해 주는 것 같기도 하고, 번잡한 교유보다는 고고하게 사색을 즐기는 기질을 확인할 수도 있다'고 보았다. 고미숙, 『윤선도 평전』(한겨레출판, 2013), p.50

배를 돌려 석양에 돌아 오는 길
반은 취하고 반은 깨어 있는 듯
외기러기 울며 날아가고
저녁 노을은 산 너머 산을 비춘다.」

– 윤선도, 「국도[2]에서 배를 돌리며(自國島廻舟)」, 『고산유고』

위의 시는 말 그대로 눈에 비친 풍경을 담은 것이다. 비록 자신의 마음을 표현하거나 또는 사물에 자신의 마음을 빗대어 표현할 정도의 수준에까지 미치지는 못하지만, 까다로운 한시의 형식에 맞추어 시를 써 내었다는 것과 풍경을 묘사하는 수준이 예사롭지 않음을 짐작할 수 있겠다.

임진왜란 중에 해남 윤씨 가문의 장손이 된 고산은 17세에 판서를 지낸 윤돈의 딸 남원 윤씨와 결혼하여, 인미(仁美)·의미(義美)·예미(禮美) 등 세 명의 아들과 딸을 낳았다. 장자 인미의 아들이 이석(爾錫)인데, 그가 후세를 잇지 못하여 이석의 동생인 이후(爾厚)의 넷째 아들 두서가 가업을 이었다. 그가 공재(恭齋) 윤두서(尹斗緖, 1668-1715)다. 윤두서는 가문의 가풍대로 박학다식하며 '해동 소공자'라고 불릴 만큼 학문에 뛰어나기도 했지만, 그보다는 한국 회화사의 흐름이 사실주의 풍으로 바뀌는 전환

2) '국도(國島)'는 안변(安邊)해안에서 약 10리쯤 떨어져 있는 작은 섬인데, 기암괴석과 동굴로 유명하다.

점으로 인정받을 정도로 조선시대 회화사에 끼친 영향이 큰 인물이다.

25세 되던 해 11월, 고산은 서울에서 해남으로 들어갔다. 증조부 어초은이 해남에 터 잡고 살 때부터 이미 5대가 지났던 것이다. 해남은 선대의 무덤과 옛 집이 자리 잡고 있는 곳이다. 그의 나이 20살이 되던 해인 1612년 가을에 진사시험에 합격하였다.

그해 가을 생부 유심이 병으로 눕게 되었다. 고산이 주야로 병을 간호하는 데 옷 띠를 풀지 않고 그 곁을 떠나지 않은 것이 몇 달이 되었다고 한다. 이러한 고산의 노력에도 불구하고 생부 유심은 돌아가게 되었는데, 문제는 그의 생부가 유언을 남기지 않아 새어머니를 어떻게 예우할 것인가를 놓고 골치가 아팠던 것 같다. 그 때 고산의 요청으로 새어머니에게 많은 전답과 노비를 나누어 주도록 했다 하며, 이러한 점들로 미루어 고산은 젊을 때부터 인정이 두텁고 사리에 밝고 의로운 인간성을 지녔음을 알 수 있다.

전반적으로 보면 학문에 대한 기치와 인격을 형성하는 중요한 시기인 청소년기를, 유복한 가정에서 비교적 행복하고 무난하게 보냈다고 할 수 있겠다. 그러나 조금은 외롭고, 고독했으리라는 것 또한 어김없는 사실일 것이다.

<윤두서 자화상>

3 소학에 심취한 고산과 고산의 박학다식

고산이 어떤 공부를 했는지는 구체적으로 알려져 있지 않다. 여러 정황으로 미루어보면 조선 사대부들이 겪었던 일반적인 학습과정을 거쳤을 것이다. 고산의 공부와 관련해서 특별히 주목해야 할 점 중의 하나는, 『소학(小學)』에 심취했다는 것이다. 『소학』은 말 그대로 유교를 공부하는 초보자들의 실천 지침을 담은 책이다. 고산은 일찍이 "진실로 사람으로서 본받을 만한 것이 여기에 두루 다 있다."라고 기뻐하며, 『소학』에 대해 다음과 같이 밝혔다.

> 기묘사화 이후 세상에서 『소학』이 크게 금지되었는데, 그가 옛 책을 구하던 중 이를 찾아보고 심히 기뻐했다. 이르기를 이는 진실로 사람이면 본받아야 할 전범이라 여기고, 솔선하여 열심히 익히며, 남을 모방하지도 않았다. 매일 6, 7행을 과제로 삼아 백 번 두루 학습하는 것을 과정을

했다. 혹시 딴 일이 있어도 빠지지 않았으니, 『소학』에 대한 그의 독실함이 평생 이와 같았다. - 『고산연보』

매일 6~7행을 과제로 삼아 백 번씩 연습했다는 것은, 고산이 『소학』에 얼마나 심취했는지를 알게 해 준다. 『소학』에 대한 고산의 심취는 그의 나이 41세에 이조판서 장유의 추천으로 봉림 · 인평 두 대군의 사부가 되었을 때도 『소학』을 교재로 삼아 성인의 도를 가르칠 정도였다. 『소학』에 대한 그의 심취는 나이가 들어서도 계속 되었는데, 74세에 삼수(三水)에 유배갔을 때 장남 인미에게 보낸 편지식 가훈서에 『소학』에 대한 고산의 생각이 고스란히 나타난다.

『소학』은 사람이 자제에게 각인시키려 지은 것이니 배우는 이는 마땅히 이로써 주를 삼아야 할 것이다. 또한 평생 언어와 문자 생활 사이사이에 부지런히 성심을 다해 익혀야 할 것이니 너희들은 지금 읽고 깨우치려 할 필요는 없다. 다만 때때로 고요하게 앉아 뜻을 두고 여유있게 『소학』을 본다면 반드시 새로 깨우치는 바가 있을 것이다. 또한 경전을 가지고 끊임없이 자세하게 익히면 심신을 공손하게 하는 데 도움이 되지 않음이 없을 것이다.

- 윤선도, 『충헌공 가훈』

『소학』에 대한 공부를 가훈에 남길 정도로, 고산에게 있어 『소학』은 학문과 삶의 뿌리가 되었던 것이다.

고산의 학문을 언급할 때 빠질 수 없는 대목 중의 하나는 박학다식이다. 윤선도는 보약 또는 건강주(酒)의 처방 뿐 아니라 발병 퇴치를 위한 여러 가지 약방들을 남겼다. 버짐을 없애는 선창약, 회충약, 노인들의 해수병[3]을 치료하는 해수약, 심지어는 소의 전염병을 퇴치하는 우역신방에 이르기까지 의술의 실력이 뛰어났다.[4]

조선시대에는 제대로 된 병원과 의료시설이 많지 않았기 때문에 사대부들은 스스로 의약의 이치를 터득하는 경우가 많았는데, 이러한 사람들을 선비 의사라는 뜻으로 유의(儒醫)라고 불렀으며, 고산도 그 중의 한 사람이었다.

앞에서 말한 것처럼 고산은 각종 처방뿐만 아니라 직접 약을 조제하기도 했다. 고산의 관심은 비단 의약뿐만 아니라 복서, 음양, 천문, 지리 등에 두루 통달했다. 그런데 이 모든 것은 음양오행설을 바탕으로 한다는 점에서, 한 분야에 대한 공부가 깊어지면 다른 분야를 저절로 깨우치게 되는 경지에 이르게 법이며, 고산은 그러한 경지에 이르렀던 것으로 보인다.

실제로 효종이 승하했을 때 산릉을 결정하는 관리로 고산을

---

3) 기침을 심하게 하는 병

4) 고미숙, 앞의 책, p. 60

지정했을 정도이며, 고산의 정적이었던 송시열도 고산이 처방해 준 약을 먹었을 정도로 의약에 관한 실력을 인정받았다.

4 병진소와 경원 · 기장 유배기

이 기간은 고산이 병진소를 올린 시기부터 영덕 유배를 가기 이전까지로, 그의 나이 30대와 40대가 이 시기에 해당된다. 당시의 정치 상황은 광해군의 집권 시기로 북인 정인홍과 이첨이 나라의 권세를 잡고 마음대로 휘두르던 때이다. 이에 고산은 대대로 나라에서 녹을 받는 집안에서 임금이 위태로운 때 그냥 앉아서 보고만 있을 수 없다하여, 그 유명한 병진소를 올려 임금을 기만하고 나라의 기강을 어지럽히는 죄상을 탄핵하기에 이르렀다. 병진소란 병진년인 1616년(광해군 8년)에 임금에게 올린 호소문쯤으로 보면 되겠다. 병진소를 올릴 때 고산의 나이는 30세 밖에 되지 않았으나 글의 내용이 너무나 직설적이고 신랄하여 모두가 두려워 할 정도였다고 한다. 소의 내용을 잠깐 살펴보자.

신이 삼가 보건대, 근래에 전하의 팔다리 노릇을 하고

귀와 눈 역할을 하며 목구멍과 혀 노릇을 하는 관원들이나 일을 논하고 규율과 질서를 세우고 인재를 선발하는 일을 맡은 이들 가운데 이이첨의 심복이 아닌 자가 없습니다. 간혹 그들의 무리가 아니면서 한두 사람 그 사이에 섞여있는 자들은 반드시 그 행실에 줏대가 없으며 시세를 살펴 아첨이나 하며 세상 되는대로 따라 사는 자들입니다. 그러므로 무릇 대각(臺閣)[5]에서 올리는 말들에 대해 전하께서는 반드시 옥당(玉堂)[6]에서 나온 것이라고 여기시지만 사실은 이이첨에서 나온 것이며, 전조(銓曹)[7]의 주의(注擬)[8]를 전하께서는 반드시 전조에서 나온 것이라고 여기시지만 사실은 이이첨에서 나오는 것입니다. 은근한 암시를 받고서 그렇게 하기도 하고 그의 지휘를 받아 그렇게 하기도 합니다.

비록 옳은 일이라고 하더라도 반드시 그에게 물어 본 뒤에 시행합니다. 관학(官學)[9]의 유생에 이르러서도 그의

5) 사간원과 사헌부
6) 홍문관
7) 이조와 병조
8) 벼슬아치를 임명할 때 임금에게 후보자 세 사람을 정하여 올리던 일. 문관(文官)은 이조(吏曹)에서, 무관(武官)은 병조(兵曹)에서 정하였다.
9) 나라에서 인재를 양성하기 위하여 세운 학교. 국자감, 성균관, 사학(四學), 향교 따위를 가리킨다.

파당이 아닌 자가 없습니다. 그르므로 관학의 소장 또한 겉으로 곧고 격렬하지만 속은 실례로 아첨하며 빌붙는 내용이 아닌 것이 없습니다. 이와 같기 때문에 자기 편이 아닌자는 비록 사람들의 중망을 받고 있는 자라도 반드시 배척하고, 자기와 뜻이 같은 자는 사람들이 비루하게 여기는 자라도 반드시 등용합니다. 모든 일을 이렇게 하고 있는데, 비록 하나 하나 거론하기는 어렵지만, 미루어보면 다 알 수가 있습니다. 그러니 그가 권세를 멋대로 부리고 있는 것이 또한 극에 이르렀다고 하겠습니다.

– 윤선도, 〈병진소(丙辰疏)〉, 『고산유고』

위의 내용을 좀 더 쉽게 풀이하면 다음과 같다.

첫째 지금 임금 주변에 있는 관리들의 대부분은 이이첨의 심복이거나 심복이 아니 몇몇은 윗전의 눈치나 보는 줏대없는 자들이다. 둘째 임금에게 올리는 대부분의 글은 겉으로는 국가기관에서 올린 것처럼 되어 있지만, 사실상 이이첨에게서 나온 것이거나 이이첨의 암시를 받았거나 그의 지휘를 받은 것들이다. 설령 옳은 일이라 할지라도 모두 이이첨에게 물어 본 뒤에 시행한다. 셋째 젊은 유생들조차 이이첨에게 붙은 자들이다. 그들은 겉으로 곧은 척하지만 실제로는 이이첨에게 아첨하지 않은 것이 없다. 해서 여러 사람들의 신망을 받는 사람이라 할

지라도 자기편이 아니면 배척하고, 자신과 뜻만 같으면 행동이 너절하고 더러운 사람일지라도 등용을 시킨다. 결론적으로 이이첨이 권력을 마음대로 부리고 휘젓는 정도가 극에 이르렀다.

이이첨이 누구인가. 윤선도가 이 글을 왕에게 올리던 당시, 고발대상자인 이이첨은 최고 권력자였다. 당대의 최고 권력자를 이토록 심하고 직설적으로 고발한다는 건, 오늘날조차 쉽지 않은 행동이다. 자신의 안전을 조금이라도 생각한다면 감히 상상조차 할 수 없을 정도의 이 같은 행동은, 인간 윤선도의 됨됨이를 가늠할 수 있는 상징적인 사건이자 그의 삶 전체에 영향을 끼치게 되는 일생일대의 사건이었다. 위에서 소개한 부분은 이이첨에 대한 고발이 주 내용이었다면, 다음에 소개하는 병진소의 뒷부분은 윤선도가 왜 목숨을 걸고 왕에게 호소를 했는가를 알게 해주는 대목이다.

> 신의 집안은 3대 동안 국가의 녹을 먹었고 나라의 두터운 은혜를 받았으니, 만약 나라에 위급한 일이 일어나면 국난(國難)에 달려 나가 죽지 않을 수가 없습니다. 그리고 생각건대 간신이 나라를 그르치는 것이 이러하고 나라가 위태롭기가 이러한데, 남쪽과 북쪽의 오랑캐들이 이런 틈을 타서 침입해온다면, 비록 난리를 피하여 구차스럽게 살고자 하더라도 또한 좋은 방책이 없을 것입니다. 그러니

아무 보탬도 없는 곳에서 죽는 것보다는 차라리 오늘날 전하를 위해서 죽는 것이 낫지 않겠습니까? 전하께서 신의 말을 옳게 여기신다면 종묘사직의 복이요 백성들의 다행일 것이며, 비록 옳지 않다고 여기시어 신이 죽게 되더라도 사책(史冊)에는 빛이 날 것입니다.

–윤선도, 〈병진소(丙辰疏)〉, 『고산유고』

위의 내용을 보면 '3대에 걸쳐 국가의 봉급을 받는 가문으로 간신이 나라를 어지럽히고 위태롭게 만드는 것을 그냥 둘 수 없었다는 점'과 '왕이 호소를 받아 들여주면 다행이지만, 만일 이 호소로 목숨을 잃게 되더라도 역사에는 기록될 것이다'는 점을 분명히 한 것이다. 유교의 가르침을 따르자면 지극히 타당한 주장이긴 하지만, 이렇게 행동으로 옮기기란 쉽지 않은 일임에도 윤선도는 한치의 주저함없이 그 길을 간 것이다.

고산이 병진소를 올린 목적은 임금이 사실을 제대로 깨닫기를 바라는 뜻에서였지만, 광해군은 그 소를 대신들에게 내려 의논하게 했던 것이다. 그런데 당시 대신들은 이이첨의 후환을 두려워하여 바른 말을 할 수가 없었다. 이에 승정원, 삼사, 관학에서는 이이첨의 뜻을 받들어, 김제남과 반역 사실에 연루된다는 누명을 씌우기에 이른다.

병진소의 단지 왕에게 올린 상소의 문제가 아니었다. 중앙정치판을 뒤 흔들었고, 정치판보다 고산 자신과 그의 가문이 훨씬 더 대가를 치러야 했다. 당시 관찰사였던 양아버지 유기는 파직을 당했고, 고산은 함경도 경원(慶源)에서 1년, 부산의 기장(機張)에서 6년간이나 유배를 당하게 된다.

고산은 함경도 북단 변방의 바닷가에 유배되어 견디기 어려운 상황에서 집 밖으로 나다니지 않고 오직 글읽기와 시 짓는 작업을 일과로 삼고 지냈다고 한다.

> 화창한 봄인데도 봄은 아직 남아
> 이런 추운 날씨를 누가 믿을 것인가?
> 다 핀 난초 잎새 어루만지는 것도 좋고
> 귀양살이 의복도 평안하구나.
> 다만 나라 사랑하려다 내 몸 가벼이 여겨
> 그로 인해 어버이 생각에 눈물 흘린다.
> 해는 기울고 저 멀리 기러기 날고
> 진호루에 올라 난간에 기댄다.
>
> -윤선도, 「낙망[10]의 시에 차운하다(次樂忘韻)」, 『고산유고』

10) 함경도 종성(종성)에 유배되어 있던 김시양(金時讓)의 호이다.

위의 시는 고산이 세 차례 유배기에서 창작되었던 작품 중에서 유교 의식이 가장 많이 나타난 시로 볼 수 있다. 시를 쓴 시기는 31세에 〈병진소〉를 올리고 처음 가족 곁을 떠나 함경도 경원으로 유배당했을 때의 심경이 잘 그려진 시다.

위의 시에 비해 고산이 인간적으로 느꼈던 고독감과 내면의 쓸씀함이 다음의 시에 더 확연하게 드러난다.

> 푸른 구릉
> 아득한 변방 북쪽에
> 초라한 집 한 채, 성 모퉁이에 앉아
> 봄인데도 눈보라가 여전히 심하고
> 가시 울타리 친 사립문은 낮인데도 열리지 않네
> 때로 이웃의 개 짓는 소리 들리면
> 혹시라도 친구라도 찾아올까 봐
> 높은 산 겹겹이 막혀 있으니
> 어찌해야 한잔 술을 나눠 볼 수 있을까

–윤선도, 「친구를 생각하며」, 『고산유고』

31세에 지어진 5언율시의 이 한시는, 국토의 변방으로 유배되어 외부와 단절된 채 살아야 하는 쓸쓸함과 고독감이 짙게 배어 나온다. 가시 울타리 친 사립문과 성모퉁이의 초라한 집이라는 유배지의 공간은 외부와의 단절을 절절히 느끼게 하는 공간이다. 이웃의 개짓는 소리에도 행여 친구라도 올까 봐 귀를 기울이는 데서, 고산이 느꼈을 외로움의 크기가 전해온다. 그러나 겹겹이 둘러싼 높은 산이라는 장벽에 가로막혀 친구와 술 한 잔 마실 수 없는 신세를 안타까워하는 고산의 내면이 그려져 있다.

「친구를 생각하며」에서는 유배를 온 고산의 답답한 심경이 드러나 있는 반면에 다음에 소개하는 「견회요(遣懷謠)」에서는 유배생활에 적응이 된 고산의 심경이 잘 드러난다. 겉으로 보기에는 조선시대 사대부의 시에서 일관되게 나타나는 '임금을 사랑하고, 임금에게 충성을 다짐하는' 이른바 '연군가'에 속하는 것처럼 보인다. 그러나 관점을 달리하면 유배에서 풀려나 중앙 정계로의 복귀를 소망하는 고산의 간절함이 담겨있다고 볼 수도 있을 것이다.

슬프나 즐거오나 옳다 하나 외다 하나
내 몸의 해올 일만 닦고 닦을 뿐이언정
그 밧긔 여남은 일이야 분별할 줄 이시랴

내 일 망령된 줄을 내라 하여 모를쏜가
이 마음 어리기도 임 위한 탓이로세

아무가 아무리 일러도 임이 혜여 보소서

추성(秋成) 진호루(鎭胡樓) 밧긔 울어 예는 저 시내야
므음 호리라 주야에 흐르는다
임 향한 내 뜻을 조차 그칠 뉘를 모르나다

뫼흔 길고 길고 물은 멀고 멀고
어버이 그린 뜻은 많고 많고 하고 하고
어디서 외기러기는 울고 울고 가느니

어버이 그릴 줄을 처음부터 알아마는
임금 향한 뜻도 하늘이 삼겨시니
진실로 임금을 잊으면 긔 불효인가 여기노라

–윤선도, 「견회요(遣懷謠)」, 『고산유고』

「견회요」는 함경도 경원에서 경남 기장으로 유배지가 바뀌기 전 마지막으로 씌어진 작품이다. 남들의 말에 굴하지 아니하고 자신의 신념을 지키기 위해 노력하겠다는 삶의 태도와 유배지에서도 변치 않는 임금에 대한 충성심, 멀리 떨어진 부모를 그리워하는 마음 등을 표현했다. 이 중에서 눈길을 끄는 것은 2수의 '망령된', '어리기도' 등의 표현인데, 고산 또한 자신의

신념이 스스로를 망칠 수도 있다는 생각을 하면서도 굽힐 수 없는 까닭은 임금을 향한 충성심에서 비롯된 것이라는 항변을 통해 자신의 결백함을 주장하고 있는 대목이다. 마지막 '5'수에서는 사대부 시가의 일반적인 형식과 같이, '충'과 '효'를 동일시하는 유교의 이념과 함께 연군의 의지를 드러내고 있다. 전체적으로는 유배의 상황 속에서도 자신의 신념을 버리지 않는 강직함이 느껴진다고 볼 수 있을 것이다.

그런데 당시 그곳은 고산과 같이 북쪽으로 유배된 선비들이 많았는데, 조정에서는 오랑캐들과의 내통으로 국가기밀이 누설될 것을 우려한 조정에서는 그들을 남쪽 변방으로 유배지를 옮기는 작업을 폈다. 그리하여 고산도 1618년(광해군 10년)에 경남 기장으로 유배지를 옮기게 되었는데, 경원에서 기장까지 국토의 맨 끝을 오가는 여정은 1년 가까이 걸릴 정도였다.

기장에서 새로운 유배생활을 시작한 다음 해에 양아버지인 관찰공 유기가 향년 66세로 세상을 떠나고 만다. 병진소의 여파로 관직을 박탈하고 고향으로 돌아가 우울한 나날을 보내다 세상을 떠나게 된 것이었다. 부친의 죽음을 접한 고산은 깊은 슬픔에 빠지지 않을 수 없었다. 직접 참석해서 상을 치를 수 없다는 것도 하나의 원인이었지만, 부친의 죽음이 자신의 〈병진소〉로 인한 후유증이라는 자책감에 시달렸기 때문이었다. 부고를 받자 제수를 갖추고 스스로 제문을 지어 그 애통함을 달

래며, 유배지에서 3년상을 치뤘다.

유배에서 풀려난 것은 37세가 되던 1623년 3월, 인조반정으로 귀양에 풀려나 의금부 도사에 제수되고서 부터였다. 광해군 때 병진소를 올린 데 대한 보답이기도 했지만, 반정 이후 민심 수습책으로 남인을 등용하던 때문이기도 했다.

유배에서 풀려난 이후 4월, 의금부도사 금오랑에 임명되었으나 7월에 사직하고 해남으로 내려간다. 8월에 별시초에 응시하여 합격하는 성과를 거두고, 39세가 되던 해에 의금부 도사에 임명되었으나 벼슬길에 나가지 않았다. 이후에도 몇몇 벼슬에 제수되었으나 그는 5년 동안 중앙 정계에 나가는 것을 거부한다. 고산은 왜 중앙 정계로 나가는 것을 거부했을까? 고산의 심경은 다음의 시에 잘 나타난다.

찰방, 금오랑, 그리고 별제 등의 벼슬들
지위는 한미하지만 내게는 낮은 게 아니라네
다만 내가 충성을 다할 자리가 아닌 것일 뿐
나아가고 물러감의 고충을 그 누가 알아줄까

-윤선도, 「장자호의 시에 차운하다」, 『고산유고』

비록 낮은 자리이지만 결코 자리가 낮아서 벼슬길에 나가지 않은 것이 아니라 자신이 충성을 다할 자리가 아니라고 그 이

유를 밝히고 있다. 충성을 다할 자리가 무엇인지 지금으로서는 알 길은 없으나, 분명한 것은 자리의 높고 낮음이 아니라 자신에게 어울리는 자리가 아니라면 차라리 벼슬을 하지 않겠다는 고산 성격의 한 면을 엿볼 수 있다.

그런 후 42세가 되던 해에 새로 별시 초시에서 장원급제를 하면서 중앙정계로 나갈 기회를 마련하게 된다. 당시 시험관이었던 이조판서 장유는 고산의 글에 대해 '동국[11] 제일의 책문(策文)[12]'이라며 높이 평가했다. 당대 최고의 문장가 중 한 사람으로 꼽히던 장유는, 고산과 당파가 달랐음에도 불구하고 고산의 재능을 무척 아껴 정계 진출에 큰 도움을 주었다. 장유의 추천으로 고산은 봉림·인평 두 대군의 사부로 임명된다. 즉 왕자를 가르치는 스승이 된 것이다.

이 시기가 고산의 생애 중 정치적으로는 가장 빛나던 시기라고 할 수 있을 것이다. 당시 봉림대군의 나이가 10세였는데, 그때 부터 약 6년간 봉림대군의 스승을 맡아 사제지간의 정을 쌓게 된다. 봉림대군은 인조의 뒤를 이어 왕이 된 효종임금인데, 청소년기에 가장 큰 영향을 끼친 스승이 바로 고산 윤선도였던

11) 우리나라를 가리킨다.

12) '책문'이란 조선시대 고급공무원 선발 시험인 대과의 마지막 관문으로, 최종 합격자 33명의 등수를 정하는 시험이다. 책문은 단순히 입신양명을 위한 통과의례가 아니라, 국가의 비전에 대해 왕과 젊은 인재들이 나눈 열정의 대화로 볼 수 있을 것이다.

것이다. 효종임금도 "자신이 글자를 깨우친 것은 오직 윤선도 덕분이라 항상 잊지 못한다"고 말한 기록이 『효종실록』에 실려 있을 정도였다.

인조임금의 신임도 무척 두터워 열흘 간격으로 선물을 내렸을 뿐만 아니라 임금의 사부를 맡으면 다른 관직을 맡기지 않는다는 일반적인 관례를 깨고, 사부를 겸하면서 공조좌랑[13]·공조정랑[14]·사복시첨정[15]·한성서윤[16]에 임명되는 영광을 누리기도 했다.

하지만 당시의 복잡한 정치상황은, 자기 주관이 뚜렷한 고산을 그냥 둘 리 없었다. 임금의 신임이 두터워질수록 그를 시기하는 주변의 눈은 따가워지고, 결국에는 호조정랑[17]을 사직하고 다시 해남으로 내려가게 된다.

> 정묘년에 고향을 떠났다 신미년에 돌아가니
> 세상사 시비는 끝이 없구나
> 낚시꾼이 되기에는 나이가 너무 젊고

13) 조선시대 공조에 두었던 정6품 관직
14) 조선시대 공조에 두었던 정5품 관직
15) 대궐 안에 부속관아(附屬官衙)로서 임금의 가마와 외양간과 목장을 관장하는 정3품 관직
16) 오늘날 서울 부시장에 해당하는 조선시대 종2품의 관직
17) 조선시대 호조(戶曹)에 둔 정5품 관직

그렇다고 밭을 갈자니 마음이 내키기 않아
해지면 마음은 구름따라 북으로 가고
가을바람 일면 몸은 기러기 따라 남으로 가네
어젯밤 꿈에 문득 봉래산을 보았더니
잠자리엔 아직 아련한 여운이 남아있네

-윤선도, 「환희원 객점의 벽에 있는 시를 보고 차운하다」, 『고산유고』

해남으로 내려와 지은 이 시는 '세상사 시비가 끝이 없다'고 표현한 것처럼, 자신을 향한 주변의 시선과 시비가 만만치 않았음을 알 수 있다. '낚시꾼이 되기에는 너무 젊다'데서 아직도 할 일이 많이 남아있음은 물론 정치에 대한 미련이 남아 있음을 알 수 있다. 마찬가지로 '밭을 갈자니 마음이 내키지 않아'라는 데서도, 중앙 정치에 대한 미련을 접고 농촌에 터를 잡고 사는 것 또한 마음에 내키지 않는다는 속내를 엿볼 수 있다. 결국 마음은 임금이 계신 북쪽에 있지만, 몸은 남쪽에 있는 현실 속에서 꿈에 '봉래산' 즉 임금의 모습을 보고, 잠자리에 아직도 그 여운이 남아있다는 아직도 임금의 사랑에 대한 화자의 염원을 짐작할 수 있다.

중앙 정계에의 복귀를 향한 고산은 의지는 47세에 증광향해 별시에 다시 응시하는 것으로 이어지고, 결과는 장원급제라는 영예를 안게 된다. 장원급제 이후 시강원 문학, 사헌부 지평[18]

등을 거치는 영광을 다시 맛본다.

그러나 고산의 이러한 성공에 배 아파하는 반대파의 공격이 본격화된다. 그 선봉에 선 이는 재상 강석기(姜碩期, 1580~1643)였다. 강석기가 고산에 대한 좋지 않은 소문을 퍼뜨리게 되고, 그 결과 고산은 벼슬을 잃고 48세가 되던 해 봄 성산 현감으로 좌천된다.

성산현감 재임 시 고산은 목민관으로서의 맡은 바 임무를 다하기 위하여 당시 정치적 쟁점의 하나였던 양전[19]에 큰 관심을 갖고 이에 관한 상소「양전불보소(量田不報疏)」[20]를 올렸다. 당시 조정에서는 충청 · 전라 · 경상 등 삼남 전역에 걸쳐 양전을 시행했는데, 양전과정이 불공정하여 원성이 자자했다. 해서 고산은 양전의 시행에 따른 문제점을 지적하면서 양전의 목적이 땅을 고르게 나누어주는 균전(均田), 토지에 부과하는 세금을 고르게 부여하는 균부(均賦), 그리고 궁극적으로는 백성을 이롭게 하는 이민(利民)에 있음을 강력하게 주장하였다. 그러나 이 상소는 조정에 보고되지 않았다. 보고는 고사하고 경상감사 유백증(兪伯曾)은 고산이 '탐욕을 부린다'는 보고를 올려 결국 고산은 파직

---

18) 조선시대 사헌부의 정5품 관직

19) 양전(量田) : 조선시대 임진왜란 이후 백성의 토지를 측량하는 일로 국가 중요 시책의 하나였다.

20) 을해년에 올린 상소라 하여「을해소(乙亥疏」라고도 한다.

을 당하고 말았다. 이때의 심경을 고산은 이렇게 말하고 있다.

> 이 몸은 타고난 성질이 어리석고 천박하여 세상살이가 뜻과 같지 않고, 한 번 벼슬에 나온 뒤부터는 안에 있으면 번다한 말들이 있고, 밖에 있으면 비방하는 소리가 쌓여 두루 일컫는 잘못을 뉘우치지 않는 바 아니지만 오히려 뜻을 고칠 수 없으니, 이것이 바로 주임(主任)이 이른바 불능자(不能者)란 것입니다. 오히려 그칠 줄 모르고 내 마음과 같이 남을 생각하여 마음을 일으켜 힘써 나아가는 것은 나의 초심(初心)에 어긋날 뿐만 아니라, 밝은 때에 거듭 죄를 지음이 아니겠습니까? 그래서 이 몸이 성산에 돌아온 뒤 부터는 사로(仕路)에 뜻을 두지않고, 일구일학(一丘一壑)[21] 으로써 몸 둘 곳을 삼으며 밭고랑에서 편안하고 한가롭게 지내며 강과 바다로 방랑하고 싶은 뜻이 있었습니다.
>
> -「공사(供辭)」22),『인조실록』

벼슬길에 있는 동안 안과 밖으로 시비가 끊이지 않지만 뜻을 접을 수 없으니 할 수 있는 일이 없다. 따라서 이제 벼슬길에 대

21) 한 언덕과 한 골짜기라는 뜻으로, 은자(隱者)가 사는 곳을 이르는 말.

22) 조선시대에 죄인이 범죄사실을 인정하는 글을 '공사(供辭)'라 일컫는데, 오늘날의 시말서와 비슷한 성격을 지닌다고 할 수 있다.

한 뜻을 접고 자연에서 편안하고 한가롭게 지내고 싶다는 심경을 드러낸 것이다. 그러나 이 글은 벼슬을 물러나는 죄인이 왕에게 반성문의 뜻으로 올리는 「공사(供辭)」라는 문서의 성격상, 자신의 속마음을 솔직하게 드러내기는 힘들었을 것이다. 고산의 속마음이 보다 잘 나타난 것은 다음의 글이다.

을해년 겨울 제가 성산에서 낭파를 하고 돌아와서 형께 "평생 호해(湖海)의 뜻을 이제 이루게 되었소"하고 글을 올렸더니, 형께서 내게 "영영 숨어버릴 뜻이 있는 거요"하고 물었지요. 그러니 '불능자지(不能者止, 할 수 없는 것은 그만둔다)'의 뜻과 자연으로 돌아가 사는 생활의 계획이 애초부터 마음속에 정해져 있었음을 형께서도 이미 알고 있었군요.

(중략)

몸이 강호에 있으면 조정은 이미 멀리 있지요. 그러나 고요한 밤 밝은 달이 뜰 때마다 임금님 생각이 절로 나 임금님의 옥 같은 얼굴과 봉림대군의 모습을 생각한답니다. 그럴 때 또다시 언덕과 골짜기를 찾아다니고, 물가에서 쉬기도 하면서 먼 하늘을 하염없이 바라보지요. 소나무를 쓰다듬고 대나무에 의지하여 물고기와 갈매기를 하염없이 바라보면서 이런 시름들을 잊어본답니다. 옛날에 산과 바다를 찾는 자는 마음조차 없지는 않았겠지만, 모두가 때를 잘못 만나고 꿈을 펴지 못하여 세월을 탓하고 한탄하며 슬픈 빛 울적한 마음 어쩔 수 없어 산수의 낙으로 세상을 잊으려 하였을 것입니다.

– 윤선도, 「답인서(答人書)」, 『고산유고』

위의 글을 통하여 알 수 있는 것은 앞의 '공사(供辭)'와 달리 자연에서의 생활을 하게 된 것은, 자연과 함께 하고자 하는 자신의 취향이라기보다 정치적 좌절에 의해서 어쩔 수 없이 선택한 것이라는 점이다. 임금님의 옥같은 얼굴과 봉림대군을 떠올리는 장면은 중앙정계에 대한 미련이 아직도 남아 있음을 알 수 있는 대목이다. 이것은 후일 그가 보길도에서 신선과 같은 생활을 하고 있으면서도 중앙정계에 대한 미련을 떨치지 못하는 것과 맥을 같이한다고 할 수 있겠다.

1636년(인조 14년) 5월 해남에 은거하던 중 고산은 큰 불행을 겪게 된다. 차남 의미가 죽은데 이어 며느리도 자결한 것이다. 이때의 심경을 고산은 이렇게 시로 남겼다.

아무리 애통해도 자식 말은 하지 않는다지만
그의 재주는 참으로 드물구나
온순하게 살아 온 스물다섯 해
슬프고 애절함이 백 년은 갈 터인데

머느리마저 그 뒤를 따랐으니
세 아이들만 하늘이 남겨두셨어
가을바람 부는 달 밝은 밤에
차마 어찌 서루에 오르리오

– 윤선도, 「죽은 아들 진사 의미를 애도하며」, 『고산유고』

스물다섯의 새파란 나이에 세상을 떠난 아들을 땅에 묻는 것만도 가슴이 찢어질만한데 며느리까지 죽었으니 그 심정은 이루 말로 다할 수 없었을 것이다. 고산의 생애에서 정치적으로는 가장 빛나고 화려했던 40대는 그렇게 비극적인 막을 내리고 있었던 것이다.

5 영덕 유배와 은둔기

이 시기는 고산의 나이 50대와 60대가 주로 이 기간에 해당된다. 그가 귀향한 지 만 1년이 되어갈 무렵, 1636년(인조 14년) 12월에 병자호란이 일어나게 된다. 임진왜란의 상처가 채 가시기도 전에 또 한 번 전화의 소용돌이 속으로 말려 들어가게 된 것이다. 그러니까 고산의 나이 50세 때 청나라 군대가 들어오자 형세는 위급하기 짝이 없었다. 급기야 공경대신들은 빈궁과 원손 대군들을 모시고 먼저 강화도로 피난을 가기에 이른다. 인조임금도 강화도로 향하고자 했지만 사세가 급박하여 남한산성으로 옮길 수밖에 없었다.

이 같은 변란의 소식을 듣고 고산의 성품으로 가만히 앉아 있을 수만은 없었을 것이다. 그는 일가친척과 집안의 노비 등 백여 명을 모아 배를 타고 임금을 구하기 위해 밤낮을 가리지 않고 달려간 끝에 마침내 강화도에 도착했다. 1637년(인조 15년) 1월 29일이었다. 그러나 그 때 이미 강화도는 함락된 뒤였고, 인조가 포위망을 뚫고 영남으로 향했다는 소식을 들었던 것이다.

이에 고산은 왕을 호위하겠다는 일념으로 남쪽으로 다시 내려 오던 중, 인조가 항복하고 서울로 환도했다는 소식이 전해졌던 것이다. 이 치욕적인 소식을 들은 고산은, 배에서 내리지도 않고 그길로 뱃머리를 돌렸다. 제주도로 가기로 작정한 것이다. 굴욕적인 패배와 치욕적인 강화를 고산은 받아들일 수 없었던 것이다. 무작정 속세를 버리기로 한 것이었다.

그렇게 제주도로 향하던 중 절경을 가진 섬과 마주치게 된다. 처음 고산이 잠시 쉬기 위해 도달한 곳은 황원포라는 포구였다. 그 포구에서 멀리 보이는 산이 부용동이다. 원래 특별한 이름이 없었으나 산 모양이 연꽃을 포개놓은 듯하여 고산이 붙인 이름이 부용동이다. 그 때 고산이 마음을 뺏긴 부용동을 보고 느낀 감회를 "십 리의 봉호(蓬壺)[23]는 하늘이 내리신 영토이니 비로소 내 길이 완전히 막히지 않은 줄 알겠네."라고 시를 남기기도 했다.

그리하여 고산은 탐라에서 은둔하려던 꿈을 접고 부용동에 정착하기로 마음먹는다. 부용동은 당대의 유명한 풍수가로도 이름을 알렸던 고산의 마음을 단 번에 사로잡은 보길도 최고의

23) 봉래산 곧 부용동을 가리킨다.

명당터로 알려져 있다. 부용동에 자리를 잡은 고산은 '책을 즐기며 살겠다'는 뜻을 가진 '낙서재(樂書齋)'를 지어 서재겸 거처를 정하였다. 보길도에 삶의 터전을 잡은 뒤 고산은 여러 개의 건물을 지었는데, 현재 보길도에 남아있는 고산과 관련된 건물을 모두 이 때 짓지는 않은 것으로 생각된다. 시끄러운 정치판은 고산이 부용동에서 조용히 숨어 자연을 만끽하며 살아가는 것을 허락지 않았기 때문이었다.

52세 되는 해에 고산은 또 한번 곤욕을 치르게 된다. 당시 고산에게 붙은 죄명은 두 가지였다. 첫째 병자호란 당시 강화도까지 와서 남한산성에 있는 임금을 알현하지 않고 떠났다는 '불분문(不奔問)'의 죄였고, 둘째는 처녀를 약취한 것과 그 소문이 날까 봐 두려워 섬으로 깊이 들어갔다는 도덕적 문책이었다. 실록에는 이렇게 기록되어 있다.

> 간원이 이렇게 아뢰었다. "대동 찰방 윤선도는 일찍이 병란 때에 해로를 따라 강도 근처까지 이르렀는데, 경성을 지척에 두고서도 끝내 달려 와 문안하지 않았으며, 피난 중이던 처녀를 배에 싣고 돌아갔습니다. 그러고는 그 일이 알려질까 두려워 섬으로 깊이 들어가 종적을 숨기려고 하였으니, 잡아다 국문하여 정죄하소서."
>
> –『인조실록』

청나라 군대가 포위하고 있는 남한산성을 뚫고서 임금을 배알하지 않았다고 해서 죄를 묻는다는, 오늘날의 상식으로는 이해하기 힘들다. 그러나 당시가 근대적 왕조시대라는 것과 사소한 것 하나라도 약점을 잡아 상대방을 흠집 내려는 세력들에게 다시없이 좋은 빌미를 줄 수는 있었을 것이다. 그런데 피난 중이던 '처녀를 배에 싣고 갔다'는 추문은 솔직히 충격적이다.

물론 고산은 자신의 입장을 변호한다. 먼저 '불분문'에 대한 해명이다.

> (전략)
>
> 대각(臺閣)[24]의 평에 마치 제가 대가의 환도 소식을 듣고도 문안드리지 않고 곧장 돌아가버린 것처럼 말하고 있는 듯 한데, 그렇다면 어찌 원통하지 않겠습니까. 저는 천리험한 바닷길에서 십생구사를 꺼리지 않고 강화도에 먼저 달려갔는데, 어찌 서울을 지척에 두고 문안드리지 않았겠습니까? 제가 뱃머리를 돌릴 때는 그 해 정월 그믐이었으니 날짜로 살펴도 아실 수 있고 만약 황익 · 변언황 · 조광필 등에게 물어보시면 제가 뱃머리를 돌릴 때가 남한산성에서 화해한 소식이 강화의 여러 섬에 닿기 전이며, 그 때

24) 조선(朝鮮) 시대(時代) 사헌부(司憲府) · 사간원(司諫院)의 총칭

는 대가[25]가 동쪽으로 나갔다는 말만 있었음이 환하게 밝혀질 것입니다.

–「공사」,『인조실록』

앞에 생략된 부분에는 고산이 병자호란을 겪는 과정이 고스란히 담겨 있었다. 고산의 해명은 '십생구사' 즉 '열 번 살고 아홉 번은 죽는' 험한 뱃길을 달려갔으며, '자신이 뱃머리를 돌렸을 때 남한산성에서 화해한 소식이 닿기 전으로 임금이 탄 수레가 동쪽으로 갔다는 소식만 들었을 뿐'이라며 억울한 심정을 하소연하고 있다. 청나라 군대에 포위되어 있는 남한산성을 뚫고 임금을 배알하는 것이 현실적으로 어려운 일인 줄 알면서도, 고산을 비난하는 쪽에서 생트집을 잡은 감이 없지 않다.

다음은 '처녀를 배 싣고 갔다'는 것에 대한 변론이다.

강화도에서 돌아오다 영흥도에 이르렀을 때 동서 이희안을 만나서 태워달라고 하여 세 사람을 싣게 되었습니다. 그 중 한 늙은 여종이 계집 아이 하나를 데리고 있었는데, 차츰 가까워지게 되었습니다. 이것이 처첩의 놀림감이 되고 벗들의 웃음거리가 되는 것이야 면할 수 없겠지만, 마

25) 대가(大駕) : 임금이 타는 수레

침내는 조정에 붙잡혀가 국문당할 죄가 될 줄이야 생각도 못했습니다. 늙은 종은 기패초관(旗牌哨官)[26] 김계생(金季生)의 처로 첩의 딸입니다. 결국 천물입니다. 기패초관이 천물을 거느려 낳은 것이며, 남의 집 계집종의 양녀이며, 마음대로 나돌아다니는 것을 어찌 처자라 할 수 있겠습니까. 이 여자가 경성지색(傾城之色)[27]이라 해도 남아의 나아가고 숨음이 어찌 여자 때문일 수 있겠습니까? 하물며 마음이 용렬하고 못생긴 여자 때문이겠습니까.

–「공사」,『인조실록』

고산의 생애와 관련한 부분 중에서 가장 생뚱맞은(?) 부분이 바로 이 대목이다. '처자를 약탈했다'는 부분에 대해서는 고산이 억울해 할 수는 있지만, 고산이 전란 중 낯선 여인네와 정을 통한 것만큼은 사실인 모양이다. 오늘날의 독자들 입장에서는 자연을 가까이한 고상한 시인 윤선도라는 환상이 깨질 법도 하다. 그러나 조선시대에서 양반 사대부에게 있어서 여자문제는, 여염집여자 즉 평민 이상의 여자를 상대로 문제를 일으켰을 경우에 국한된다. 즉 양반 사대부들이 하층민 계급의 여성을 취

26) 종 9품 무관 벼슬

27) 경국지색(傾國之色)과 같은 뜻으로, 나라를 기울이게 할 정도의 미인을 일컫는다.

하는 것은 아무런 문제가 되지 않았으므로, 당대의 고산이라면 충분히 억울한 상황이었기에 항변한 것이다.

아쉬운 것은 '천물은 처자가 아니다'는 것과 '마음이 용렬하고 못생긴 여자' 때문에 숨은 것은 아니라는 해명부분이다. 물론 이런 아쉬움은 전적으로 오늘날의 관점일 수 있지만, 뭔가 구차스럽고 당당하지 못하다는 느낌을 지울 수는 없다.

어쨌든 결과적으로는 울분에 찬 변명의 보람도 없이 영덕현으로 유배를 당한다. 따지고 보면 큰 죄는 아니었기 때문에 유배기간은 1년 남짓에 지나지 않았지만, 고산이 느꼈을 억울함과 좌절감 그리고 수치심은 결코 적지 않았을 것이다. 영덕 유배 기간에 쓴 고산의 시가 당시의 심경을 잘 표현해 준다.

> 지난해 한가위 때는 남쪽 바닷가에 있으면서
> 초가집 처마에서 달을 맞으니 물 위 구름 빛이 어두웠는데
> 내 어찌 알았으랴 오늘 밤 동쪽 바닷가에서
> 맑은 달빛 보고 앉아 옛 동산을 추억할 줄을
>
> 구름 사라지고 바람 멎어 티끌이 사라지니
> 정녕 유인이 달맞이하러 왔음인가
> 감히 맑은 놀이 하여 묵도를 어지럽히니

늙고 병든 이 몸이 해선의 애도를 받는구나

– 윤선도, 「다시 한가위 달을 마주하여」, 『고산유고』

'지난 해 한가위는 남쪽 바닷가에서 한가위를 맞았는데, 오늘밤 동쪽 바닷가에서 맑은 달빛을 보고 앉아 옛 동산을 추억'하고 있는 고산의 시를 통해서, 그의 고단한 삶을 엿볼 수 있다. 지난 해는 해남(남쪽 바닷가), 올해는 영덕(동쪽 바닷가)에서 달을 맞는 고산의 심경이야 오죽했겠는가. 자시의 의지와 무관한 것은 고사하고, 자신을 시기하고 모함하는 무리들에 의해서 당한 유배였다는 점에서 그 참담함은 이루 말로 표현할 수 없었을 것이다.

고산의 아픔은 영덕에서 끝난 게 아니었다. 영덕 유배에서 풀려나 귀향하는 도중에 천출자식 미(尾)가 세상을 떠나고 말았던 것이다. 차남 의미 부부를 잃은 지 얼마 되지 않아 또 다시 자식을 먼저 보낸 비극을 맞이한 것이다. 비록 천출이긴 하지만, 사랑이 각별했던 자식이었던 만큼 고산에게는 또 한 번 깊은 슬픔을 안겨 주었다.

미는 천출로 태어난 나의 자식이다. 나면서부터 총명하여 내 사랑을 온통 다 기울였다. 기묘년(53세) 중춘에 영덕의 유배지에서 귀양이 풀려 집에 돌아오던 중, 20일 아침

> 경주의 요강원에 이르렀을 때, 미가 천연두를 앓다가 이달 초하루에 죽었다는 소식을 들었다. 분통하고 창자가 끊어지는 듯하여 그 애통한 심정을 이루 다할 수가 없었다. 말 위에서 시어(詩語)를 엮어 나의 슬픔을 토로했다.
>
> – 윤선도, 「아들 미를 애도하며」, 『고산유고』

그렇게 해서 지은 것이 「아들 미를 애도하며」라는 시이다. 고산의 나이 마흔 여섯에 얻은 늦둥이 아들의 재롱떨던 모습과 자식을 잃은 슬픔을 절절히 표현하고 있다. 한참 정을 붙일 즈음에 유배를 떠났고, 유배에서 풀려나 다시 만날 생각에 마음 흐뭇했을 즈음에 일어난 일이라, 슬픔이 더욱 컸을 것이다.

> 나 홀로 석실에 거할 때면
> 날마다 찾아와선 바위 사이에서 놀았고
> 기이하고도 높은 형상을 즐기며
> 신선의 비밀을 풀이하곤 하였지.
> (중략)
> 네가 없으니 감싸 쓰다듬어줄 수도 없고
> 네가 병들었으나 약을 써보지도 못해
> 이 때문에 내 슬픔 더욱 크고
> 애통함은 비할 데가 없구나

밥을 먹어도 눈물이 수저에 흐르고
말을 타면 눈물이 고삐에 적시네
(중략)
비록 나의 악업 때문이라지만
하늘은 무슨 일로 가혹한 형벌을 내리시나.

– 윤선도, 「아들 미를 애도하며(悼尾兒)」, 『고산유고』

도입부는 아들 미와의 추억을, 중반에서는 병든 아들에게 약 한 첩 써보지 못하고 세상을 떠나보내야 했던 아비로서의 심경과 슬픔, 그리고 종결부에서는 하늘을 원망하는 것으로 끝을 맺었다. 특히 '밥을 먹어도 눈물이 수저에 흐르고, 말을 타면 눈물이 고삐에 적시네'라는 부분을 통해서 고산의 슬픔이 얼마나 컸던가를 엿볼 수 있다.

위의 작품이 아들 미에 대한 애도사라면, 다음에 소개하는 시는 아들 미의 죽음으로 인해 얻게 된 큰 깨달음을 표현하고 있어, 내용상으로는 완전한 반전이 이루어진다.

길에서 만난 한 마리 개
리가 길고 털빛이 하얗네
틀간 내 말을 따라오더니 말에서 내리자 신발 주위를 맴돈다

불러도 끝내 가까이 오진 않고
꼬리를 흔들며 무엇을 찾는 듯
하인들이 밥을 던져주면서
토끼 잡을 궁리를 했네
오늘 아침에는 보이지 않아
일행들이 깊이 애석해했네
부르지도 않았는데 어디선가 왔다가
쫓지도 않았는데 또 어디로 가버렸는가
조물주가 인간 세상의
모든 일을 어지러이 희롱함인가
얻었다고 너무 기뻐할 것도 아니고
잃었다고 너무 슬퍼할 것도 아니다
사람의 삶과 죽음에
다른 자취들 또한 이와 무엇이 다를까
이제 알겠구나 내 곁을 떠난 아이
나의 8년 동안 손님이었음을
이 일로 갑자기 깨달음이 있어
막혔던 가슴 속 기운이 이제야 풀려
편안히 신선의 짝이 되었네
내가 슬픔을 당하여 애달파 하다가
이것들을 떠나 보내니

이로써 미혹에 빠진 내 마음 비로소 열리는가
길 옆의 모래와 맑은 물을 보면서
생각노니, 내 돌아가는 뜻이 여기 있구나.

– 윤선도, 「견회(遣懷)」, 『고산유고』

'견회(遣懷)'라는 이 시의 제목은 '속마음을 풀다'쯤으로 풀이될 것이다. 유배에서 풀려나 돌아오는 길에 아들의 사망 소식을 듣고 슬픔을 주체할 수 없는 상태에서, 만난 개를 통해서 삶과 죽음에 대한 새로운 인식을 하게 된 것이었다. 만남과 헤어짐의 이치를 깨달은 것이었다. 해서 고산은 떠난 아이가 '8년간 나의 손님이었다'고 정리하기에 이른다. 미혹에 빠진 마음을 버리고 자연으로 돌아가야 하는 진정한 이유를 찾은 것이었다.

〈금쇄동〉

영덕에서 해남으로 돌아 온 후, 고산은 집안일 모두를 장남 인미에게 맡기고 부용동과 금쇄동을 오가며 본격적인 은거생활에 들어가게 된다. 병자호란의 와중에 부용동을 발견한 것과 비견되는 것이, 영덕 유배에서 돌아 와 54세 되던 해에 발견하게 된 또 하나의 이상향이 바로 금쇄동이다.

오늘날의 관점에서 보면 금쇄동은 평범한 산자락에 불과할 수도 있다. 몸과 마음이 지칠대로 지친 고산에게 금쇄동은 마치 구원의 장소처럼 다가왔던 모양이다. 모름지기 이 세상의 모든 의미는, 그것을 발견하고 의미를 부여하는 사람의 몫이라는 말이 꼭 들어맞는다. 금쇄동을 발견한 기쁨을 고산은 이렇게 노래했다.

귀신이 다듬고 하늘이 숨겨온 여기
그 누가 알까 비기 속의 선경인 줄을
옥처럼 깎아지른 신선굴이요
에워 두르나니 산과 바다로다
달과 해가 절벽을 엿보고
바람과 비는 평원에 그득
지난 밤 꿈 신기하기도 하네
옥황상제는 무슨 공으로 내게 석궤를 내리시나

– 윤선도, 「처음 금쇄동을 얻고서 짓다(初得金鎖洞作)」, 『고산유고』

고산의 눈에 비친 금쇄동은 '귀신이 다듬고 하늘이 숨겨 온 선경(仙境)'으로, 꿈에 하늘로부터 받은 석궤 즉 보배로운 궤짝이라는 것이다. 그런데 '석궤'라는 용어는 아름다운 경치를 비유할 때 쉽게 볼 수 없는 표현이다. 그 연유가 『고산연보』에 실려 있다.

> 금쇄동은 문소동과 산 하나를 사이에 두고 있다. 풍광이 좋은 산골짜기는 고요하면서도 또한 밝고, 그윽하면서도 구름 안개 자욱하다. 산수의 천석은 괴상하고 특이하면서 아름답다. 공은 꿈에 금궤 석궤를 얻어보고 며칠 후 이곳을 찾았는데, 하나하나가 꿈과 잘 맞아 그렇게 이름하였다.
>
> – 윤선도, 『고산연보』

고산은 부용동에서처럼 금쇄동에서도 곳곳마다 이름을 붙이고 정자를 세우는 등의 정성을 쏟는다. 다음의 글에서 고산이 붙인 지명과 세운 건물이 소개된다.

> 금쇄동의 한 가운데 바위가 하나 있다. 휘어져 울퉁불퉁하고, 구부러져 반듯하지 아니하고, 높이는 몇 길에 불과하지만, 그 위에는 수십수백 명이 앉을 수 있을 뿐만 아니라, 또 평탄하고 깨끗하여 월출암이라 이름하였다. 이

바위에서 조금 오르면 양몽와(養蒙窩)가 있고, 바위 아래 회심당이 있으며, 그 아래에 불훤요(弗諼療)가 있다. 위 아래에 있는 연못에는 연꽃을 심고 고기를 길렀는데, 불훤요에서 샘물이 졸졸 흐른다. 산문에 이르면 석병이 있는데, 높이는 4~5자가 되고, 그 아래는 평평한 바위가 놓여있다. 바위 곁에 정자를 세워두고 휘수정(揮手亭)이라고 명명하였다.

(중략)

항시 회심당에 거처하고, 날이 저물면 걸어서 불훤요에 나아가지만 편안히 쉬고 마음을 가다듬어 수양할 때는 또한 휘수정에서 소요한다. 보길도가 있는 바다에 들어가지 않으면 반드시 여기에 거처한다.

-『고산연보』

위의 연보에서 보듯 '연못을 만들고 고기를 기르고 정자를 세우기' 위해서는, 가끔 들여다보는 것으로는 불가능하다. 글에서 나타난 것처럼 '항시 회심당에 거처'를 했으며 '날이 저물면 걸어서 불훤당에, 마음을 가다듬어 수양할 때는 휘수정에서 소요'한 것이다. 고산은 보길도에 있을 때 외에는 거의 금쇄동에서 지낸 것으로 보인다. 다음의 시를 보면 고산이 금쇄동에서의 생활에 얼마나 빠져 있었는가를 알 수 있다.

금쇄동 안에 꽃이 만발하고
수정동 아래 물소리는 우레와 같구나
유인(幽人)이 일 없다고 누가 말하는가
죽장에 짚신 신고 날마다 오가는데

– 윤선도, 「우연히 읊조리다(偶吟)」, 『고산유고』

위의 시 뿐 아니라 「금쇄동기」라는 수필을 통해서 금쇄동의 원림에 대한 상세한 묘사, 탐승의 흥취, 선계에 대한 동경, 유학자로서의 세계관 등을 담고 있다.

월출암 북쪽에 작은 정자를 짓고, 편안히 앉아 작은 정자를 짓고, 편안히 앉아 정신을 가다듬을 곳을 삼아 회심(會心)이라 명한다. 그 뜻은 무엇인가? 천석(泉石)과 원경(遠境), 이 두 가지는 함께 갖추기가 어려우니, 이는 천하고금의 말이다. 십대(十臺)의 원경과 일정(一亭)의 천석이 수백 보 사이에 열지어 둘렀는데, 회심당을 그 가운데 두고 이를 함께 거느리니 이는 회심이 아니겠는가. 높은 산의 절정은 반드시 대기가 차고 바람이 사나워 정신과 몸이 강하지 아니한 자 감히 살지 못한다.

– 윤선도, 「금쇄동기」, 『고산유고』

고산은 금쇄동의 곳곳에 지명을 붙이고 그 의미를 부여하고 있다. 특히 회심당은 '천석(泉石)과 원경'을 함께 거느리는 곳이라고 하였다. 천석은 자연의 경치를 뜻하고 원경은 멀리서 보는 경치를 뜻하는 데, 즉 가까이서 보나 멀리서 보나 좋은 경치를 갖춘 곳이다는 말이다. 더구나 높은 곳은 으레 바람이차고 사납지만, 회심당이 위치한 금쇄동은 따뜻하고 편안하여 병을 다스릴 수 있으니, 회심(會心)이 되는 공간 즉 마음에 꼭 드는 공간이라고 표현한 것이다.

금쇄동을 특별히 기억해야 하는 이유는, 「어부사시사」, 「오우가」와 더불어 불후의 명작으로 꼽히는 「산중신곡」· 「산중속신곡」이 바로 이곳 금쇄동에서 탄생했기 때문이다. 「산중신곡」은 다양한 소재의 작품들로 묶여있는데, 당대의 시조들 대부분이 연회나 모임에서 즉흥적으로 창작한 시조라면, 고산은 바위와 돌, 시냇가 등등의 소재들로 작품의 제목을 붙였다는 점에서 자연을 소재로 한 강호시가의 새로운 장을 열었다는 점이다.

「산중신곡」에는 「만흥(漫興)」 6수, 「조무요(朝霧謠)」 1수, 「하후요」 2수, 「일모요(日暮謠)」, 「야심요(夜深謠)」 1수, 「기세탄(饑歲歎)」 1수, 「오우가(五友歌)」 6수, 「고금영」 1수 등이 포함되어 있고, 「산중속신곡」에는 「추야조(秋夜操)」, 「춘효음(春曉吟)」, 「중반금」 등이 실려있다.

「만흥(漫興)」 6수와 「오우가(五友歌)」 6수는 자세히 알아보기로 하고, 나머지 작품들을 간단하게 살펴보면 다음과 같다.

「산중신곡」의 첫 머리에 등장하는 「만흥」 6수는, 고산이 산 속에서 느낀 감회를 표현한 것이다.

산수간(山水間) 바위 아래 띠집을 짓노라 하니
그 모르는 남들은 웃는다 한다마는
오리고 하얌의 뜻의 난 내 분(分)인가 하노라

보리밥 풋나물을 알마초 먹은 후에
바위 끝 물가에 슬카지 노니노라
그 남은 여남의 일이야 부러워할 줄이 이시랴

– 윤선도, 「만흥」, 1, 2 수 『고산유고』

고산은 이 시에서 속세를 벗어나 자연 속에서 유유자적하게 살아가는 삶이 자신의 분수에 맞는 것이라고 말한다. 다른 무엇보다 한문투의 시어가 거의없이 우리말의 아름다움을 잘 살렸다는 데 의미가 크다 할 것이다.

잔들고 혼자 앉아 먼 뫼를 바라보니
그리던 님이 온들 반가움이 이러하랴

말씀도 우음도 아녀도 못내 좋아하노라

누고셔 삼공(三公)[28] 도곤 낫다 하더니 만승(萬乘)[29]
이 이만하랴
이제로 헤어든 소부(巢父) 허유(許由)[30]돗더라
아마도 임천한흥(林泉閑興)[31]을 비길곳이 없어라

– 윤선도,「만흥」, 3 , 4수『고산유고』

「만흥」 3수에서는 들고 산의 모습을 바라보는 것이 반가운 님을 만나는 것보다 더 기쁘다는 뜻을 가진 이 시조에서, 시끄러운 속세보다 자연과 더불어 사는 삶이 더 가치 있으며 자연과 혼연일체가 된 고산의 정서를 확인할 수 있다. 또「만흥」 4수에서는 자연속의 삶이 삼정승보다 낫다고 하는 사람이 있다지만, 자신이 생각하기에는 황제보다 낫더라는 말로, 자연에

28) 삼정승: 영의정, 좌의정, 우의정

29) 만승천자(萬乘天子)에서 유래된 말로, 만 개의 수레를 부리는 천자 즉 황제를 가르킨다.

30) 두 사람 모두 중국고대 전설상의 성군 요(堯)시대에 살았다는 고사(高士). 허유는 요제(堯帝)가 자기에게 보위를 물려주려 하자 귀가 더럽혀졌다고 영천(潁川)에서 귀를 씻은 후 기산(箕山)으로 들어가서 은거하였고, 소부는 허유가 귀를 씻은 영천의 물이 더럽혀졌다 하여 몰고 온 소에게 마시지 못하게 하였다는 고사가 전해져 온다.

31) 자연속에서 노니는 한가로운 풍취

묻혀 한가하게 지내는 홍취가 그 무엇과도 비할 수 없는 즐거움임을 전하고 있다. 그런데 다음 두 편의 시에서는 앞의 시들과 달리 고산의 마음 속 깊이 숨겨둔 또 다른 마음 자락이 엿보인다.

> 내 성이 게으르더니
> 인간만사(人間萬事)를 한 일도 아니 맡겨
> 다만당 다툴이 없는 강산을 지키라 하시도다

> 강산이 좋다한들 내 분(分)으로 누웠느냐
> 임금님 은혜를 이제 더욱 아노이다
> 아무리 갚고자 하여도 해올 일이 없어라

– 윤선도, 「만흥」, 5, 6수 『고산유고』

「만홍」 5수에서는 표면적으로 드러나는 것은 자신의 분수와 처지를 겸손하게 받아들이는 것이지만, 고산의 천성이 세상의 일을 하나도 맡기지 못할 정도의 자질은 분명 아닌 것이다. 직접적으로 비난을 하거나 질타하는 대신, 자신을 낮추는 방식으로 인산 세상으로부터 자신을 몰아낸 무리들에 대한 무언의 항변으로 볼 수 도 있는 부분이다.

「만홍」 6수는 앞의 5수와 달리 자연에 묻혀 지내는 홍겨운 심정을 읊으면서도 임금의 은혜를 잊지 않는다는 관습적인 표현으로 마무리 하고 있다. 생각하기에 따라서는 세속에 대한 미련이 남아 있기에 임금에의 충성을 끊임없이 다짐하는 고산의 또 다른 측면으로 볼 수도 있겠지만, 수사상으로는 맹사성의 '강호사시가'에 나오는 '역군은(亦君恩)이샷다'와 맥락을 같이하는 표현으로, 조선 초기 사대부 시조의 전통을 이어 받은 것이라고 할 수 있을 것이다. 다시 말해 고산은 사대부 시가의 전통을 이어받으면서도 자신만의 새로운 시세계를 열었던 것이다.

세속에 대한 미련과 번민은 「조무요(朝霧謠)」에서도 잘 나타난다.

> 월출산이 높더니마는 미운 것이 안개로다.
> 천왕(天王) 제일봉(第一峰)을 일기(一時)에 가리와다
> 두어라 해 퍼진 후면 안개 아니 걷으랴
>
> – 윤선도, 「조무요」, 『고산유고』

표면적으로 이 시는 월출산의 수려한 모습을 가리는 '아침안개'에 대한 안타까움을 노래한 것이지만, 조선시대 사대부들의 시조에서 구름과 안개는 종종 '태양' 혹은 '달'로 상징되는 '임금'을 가리는 사악한 무리들을 나타낸다. 이러한 관점에서 본다면 월출산의 모습을 가린 아침 안개를, 단지 자연 현상의 하나인

안개로만 볼 수 없는 것이다. 자연에 순응하고 동화하며 삶을 영위하는 고산이지만, 문득문득 떠오르는 중앙정치에 대한 미련을 완전히 떨쳐 버릴 수는 없었던 것이다.

그 밖에 「하후요」에서는 장마철을 맞는 농촌의 일상을, 「일모요(日暮謠)」에서는 황혼 무렵 산간지지역의 조그녁함을, 「야심요(夜深謠)」에서는 해진 뒤 산골의 여유로운 정취를, 「기세탄(饑歲歎)」에서는 환곡을 타서 살아갈 수밖에 없는 농민들의 가난한 삶을 그려내고 있다. 작품들의 대부분은 시골생활의 실상을 생생하게 포착하면서도 우리 말의 리듬감을 잘 살리고 있다는 공통점을 지니고 있다.

고산의 시가 하나하나가 모두 빼어난 작품임에 분명하지만, 「산중신곡」 중의 대표작으로 「오우가」를 들지 않을 수 없다. 고산이 56세 때 해남 금쇄동(金鎖洞)에 은거할 무렵에 지은 「산중신곡(山中新曲)」 속에 들어 있는 6수의 시조로, 수(水)·석(石)·송(松)·죽(竹)·월(月)을 다섯 벗으로 삼아, 서시(序詩) 다음에 각각 그 자연물들의 특질을 들어 자연을 사랑하는 마음을 그려내었다. 「오우가」는 고산 문학의 대표작이라 할 만한 것으로서, 우리말의 아름다움을 잘 나타내어 시조를 절묘한 경지로 이끈 뛰어난 작품이다.

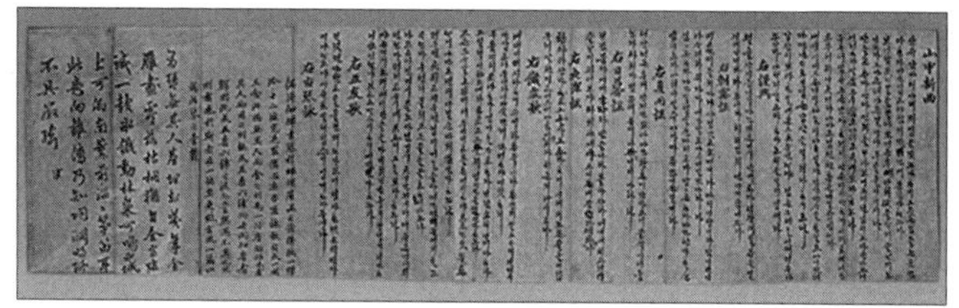
〈산중신곡〉

서사(序詞)
내 버디 몃치나 하니 수석(水石)과 송즉(松竹)이라
동산(東山)의 달 오르니 긔 더옥 반갑고야
두어라 이 다삿 밧긔 또 더하야 머엇하리
- 윤선도, 「오우가」, 『고산유고』

[현대어 풀이]
나의 벗이 몇이나 있느냐 헤아려 보니 물과 돌과 소나무, 대나무다.
게다가 동쪽 산에 달이 밝게 떠오르니 그것은 더욱 반가운 일이로구나.
그만 두자, 이 다섯 가지면 그만이지 이 밖에 다른 것이 더 있은들 무엇 하겠는가?

[이해와 감상]

「오우가(五友歌)」의 시작을 여는 시로서, 초, 중장은 묻고 답하는 형식으로 다섯의 벗을 차례로 나열하였다. 자연과 벗이 된 청초하고 순결한 자연관을 순수한 우리말을 활용하여 잘 표현하였다 '또 더하야 머엇하리'에서 안분지족하는 화자의 태도가 드러나 있다.

물[水]

구름빗치 조타 하나 검기랄 자로 한다

바람 소래 맑다 하나 그칠 적이 하노매라

조코도 그츨 뉘 업기난 믈뿐인가 하노라

– 윤선도, 「오우가」, 『고산유고』

[현대어 풀이]

구름의 빛깔이 아름답다고는 하지만, 검기를 자주 한다.

바람 소리가 맑게 들려 좋기는 하나, 그칠 때가 많도다.

깨끗하고도 끊어질 적이 없는 것은 물뿐인가 하노라.

[이해와 감상]

「오우가(五友歌)」 중 물의 영원성을 기린 노래이다. 구름의 빛깔은 아름답지만 자주 검게 변하고, 바람소리는 맑은 듯 하다가도 그치는 때가 많은 반면에, 물은 구름이나 바람과 달리 항상 맑고 깨끗하며 그치지 않는다는 점을 들어, 시적 대상인 물을 찬양하고 있다. 이러한 가치는 선비들에게 요구되는 중요한 덕목이었다는 점에서, 이것을 지켜야 의미가 있음을 강조하고 있다고 할 수 있겠다.

바회[石]
고즌 므스 일로 퓌며셔 쉬이 디고
플은 어이 하야 프르난 닷 누르나니
아마도 변티 아닐산 바회뿐인가 하노라

— 윤선도, 「오우가」, 『고산유고』

[현대어 풀이]

꽃은 무슨 까닭에 피자마자 곧 져 버리고,
풀은 또 어찌하여 푸르러지자 곧 누른 빛을 띠는가?
아무리 생각해 봐도 영원히 변하지 않는 것은 바위뿐인가 하노라.

[이해와 감상]

꽃이나 풀이 아름다움과 푸르름을 오래 지니지 못하는 데 비하여, 바위는 영구적이다. 어쩌면 시류에 따라서 쉽게 영합하고 변하는 소인배들을 비유적으로 표현한 것일 수도 있다.

솔[松]
더우면 곳 피고 치우면 닙 디거
솔아 너난 얻디 눈서리랄 모라난다
구천(九泉)의 불희 고단 줄을 글로 하야 아노라
– 윤선도, 「오우가」, 『고산유고』

[현대어 풀이]
따뜻해지면 꽃이 피고, 날씨가 추우면 나무의 잎은 떨어지는데,
소나무여, 너는 어찌하여 눈이 오나 서리가 내리나 변함이 없는가?
그것으로 미루어 깊은 땅 속까지 뿌리가 곧게 뻗쳐 있음을 알겠노라.

[이해와 감상]

소나무의 변함없는 푸름에서 꿋꿋한 절개를 느껴 찬양한 노래이다. 대부분의 나무가 추우면 잎이 떨어지는 곳과 대조적으로 눈서리를 이겨내는 소나무의 특성을 통해서 땅 속 깊은 곳에 뿌리를 곧게 뻗고 있음을 알리고 있다 이를 통해서 소나무

의 지조와 절개라는 가치를 찬양했다. 소나무는 역경에서도 불변하는 충신열사(烈士)의 상징으로 여긴다.

대나무[竹]
나모도 아닌 거시 플도 아닌 거시
곳기난 뉘 시기며 속은 어이 뷔연난다
뎌러코 사시(四時)에 프르니 그를 됴하 하노라

– 윤선도, 「오우가」, 『고산유고』

[현대어 풀이]
나무도 아니고 풀도 아닌 것이,
곧게 자라기는 누가 그리 시켰으며,
또 속은 어이하여 비어 있는가?
저리하고도 네 계절에 늘 푸르니, 나는 그것을 좋아하노라.

[이해와 감상]

곧으면서도 속은 피어있는 대나무의 속성과 함께 사시사철 푸른 대나무의 절개를 예찬했다. 대나무는 사군자(四君子)의 하나로 옛 선비들의 굳은 절개를 상징하는 상징물로서 사랑을 받아온 것이다.

달[月]
쟈근 거시 노피 떠서 만물을 다 비취니
밤듕의 광명(光明)이 너만하니 또 잇나냐
보고도 말 아니 하니 내 벋인가 하노라

– 윤선도, 「오우가」, 『고산유고』

[현대어 풀이]
작은 것이 높이 떠서 온 세상을 다 바추니
한밤중에 광명이 너보다 더한 것이 또 있겠느냐?(없다)
보고도 말을 하지 않으니 나의 벗인가 하노라

[이해와 감상]

달빛이 세상 모든 사물에 비치는 모습과 침묵의 미덕을 찬양했다. 고산은 세상 사람들을 골고루 어루만져 주면서도, 침묵하는 것이야말로 선비의 진정한 덕목이라고 생각했을지도 모른다.

「산중속신곡」은 제목에서 보듯 「산중신곡」의 속편, 즉 「산중신곡」에서 미처 다 하지 못했던 노래들을 보충하는 성격을 지닌다.

「속산중신곡」에 담긴 노래들을 간단하게 살펴보면, 계절이 바뀌는 무상감을 노래한 「추야조」, 겨울에서 봄으로 가는 계절의 길목에서 느끼는 봄의 예감을 그린 「춘효음」, 그리고 다음에 소개하는 「고금영」이 있다.

> 버렸던 가얏고를 줄 얹어 놀아보니
> 청아한 옛 소래 반가이 나는고야
> 이 곡조 알 리 없으니 집겨놓아 두어라
>
> – 윤선도, 「오우가」, 『고산유고』

고산은 '버려던 가얏고'를 보며, 동병상련의 아픔을 느꼈을 수 있다. 비록 버려 지기는 했지만, 줄만 갈아끼우니 여전히 '청아한 소리'가 나지만, 문제는 '곡조를 알 리 없는' 현실이다. 고산은 어쩌면 충분한 능력을 지녔음에도 불구하고, 중용되지 못하는 자신의 처지를 시로서 표현한 것인지도 모르겠다. 인간인 이상 문득 문득 드는 세속에의 미련을 떠올리지 않을 수 없었을 것이다. 그러나 다음의 시에서는 헛헛함을 떨치고, 자연과 더불어 하나가 되는 또 다른 삶의 경지를 보여준다.

> 소리가 있은들 마음이 이러하랴
> 마음이 혹 있은들 소리를 누가하랴
> 마음이 소리에 나니 그를 좋아하노라
>
> – 윤선도, 「증반금(贈伴琴)」, 『고산유고』

반금은 고산과 깊은 정을 나눈 거문고의 명인 권해로 알려져 있다. 고산은 권해의 거문고 소리를 들으며 느낀, 마음의 상태를 시로 표현한 것이다. 즉 소리와 마음이 하나가 되는 표현한 것이다.

금쇄동에서 자연과 하나가 되는 삶을 「산중신곡」과 「산중속신곡」으로 표현한 고산은, 보길도에서의 삶을 바탕으로 「어부사시사」라는 시조의 최고봉을 선사한다.

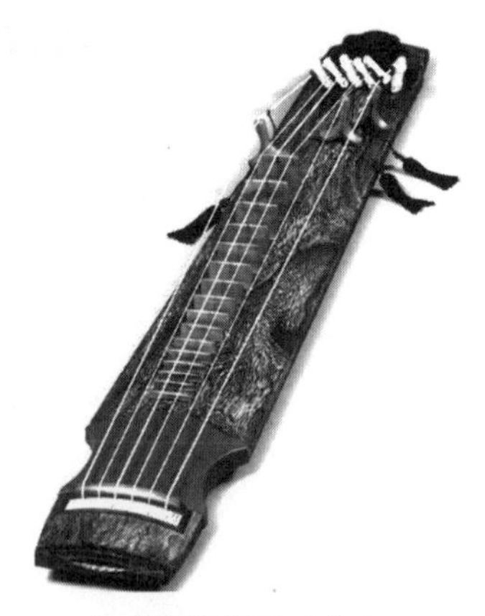

〈녹우당에 전시된 가야고〉

고산과 보길도 그리고 어부사시사

50세에 보길도를 발견하고 터를 잡고 자연과 함께 하기로 마음먹었던 고산은, 52세에 영덕 유배를 갔고, 유배에서 돌아 온 54세에 금쇄동을 발견하고 자연합일의 새로운 경지를 맛보며 「산중신곡」과 「속산중신곡」이란 명작을 탄생시킨다. 50대 중반부터 금쇄동과 보길도를 오가며 생활하였을 것으로 추정되는데, 60대 이후에는 주로 보길도에서 생활한 것으로 추정된다.

금쇄동은 보길도에 비해 상대적으로 덜 알려져 있는데, 그것은 아마도 보길도에 남겨진 고산의 자취가 상대적으로 더 많은데다, 고산의 대표작으로 손꼽히는 「어부사시사」의 창작배경이 되는 공간 또한 보길도이기 때문으로 생각된다. 까닭에 고산하면 보길도를 떠 올릴 정도로, 고산과 보길도는 나누어 생각하기 힘들 정도의 관계를 가진다. 보길도 곳곳에 고산이 명명한 지명이나 관련된 건물과 공간이 널려있을 정도로 고산의 손길이 닿지 않은 곳이 없다시피 하지만 크게 세 가지로 나눌

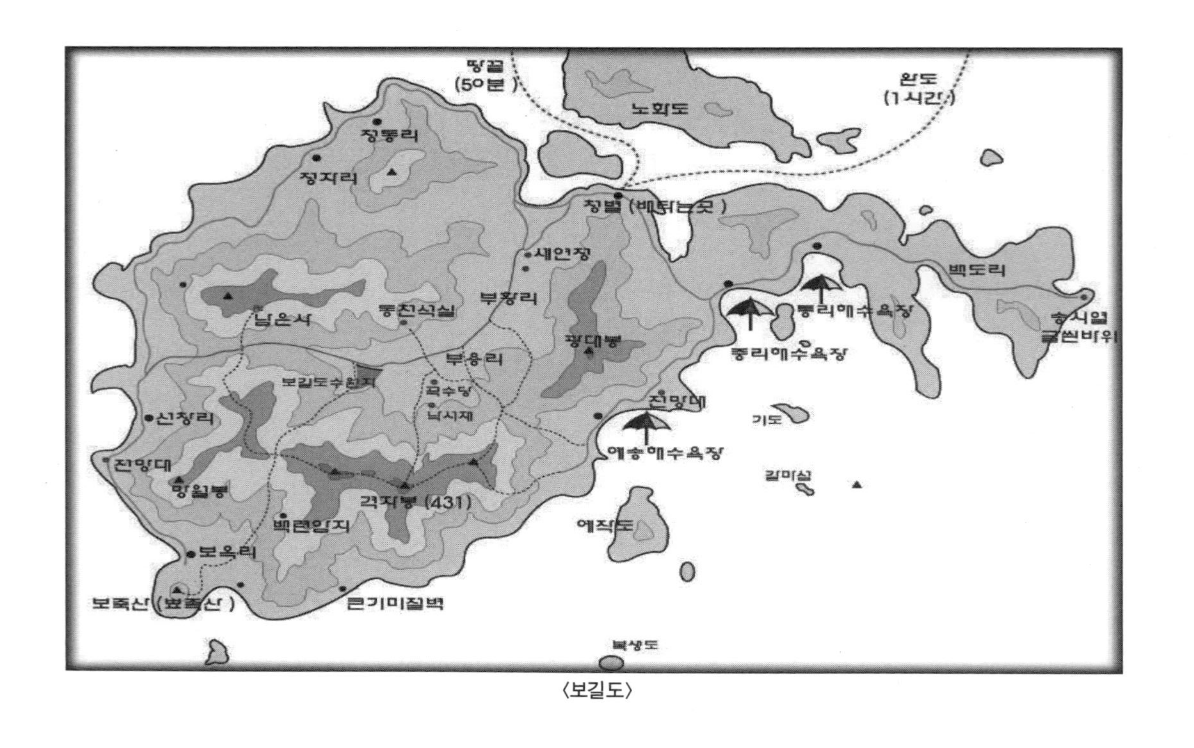
땅끝
(5O분)
완도
(1시간)
노화도
정동리
정자리
청별
세연정
부황리
동천석실
남은사
광대봉
부용리
보길도수원지
곡수당
낙서재
신창리
전망대
망월봉
격자봉 (431)
백련암지
보옥리
보죽산 (뾰족산)
큰기미절벽
복생도
예작도
예송해수욕장
전망대
기도
통리해수욕장
중리해수욕장
백도리
송시열
글씐바위
〈보길도〉

수 있다. 먼저 주거공간인 낙서재와 오직 자신을 위한 개인적 공간인 동천석실, 그리고 손님을 접대하고 유희를 즐기는 공간인 세연정으로 나눌 수 있다.

먼저 거처 공간인 '낙서재(樂書齋)'부터 살펴보자. 낙서재는 '책을 즐기며 살겠다'는 뜻으로 이름을 붙였는데, 고산이 1637년(인조 15년)에 보길도로 들어와 1671년 돌아가실 때까지 살았던 집이다. 고산의 5대 후손인 윤위가 쓴 『보길도지(甫吉島識)』에 따르면 처음 이곳에 집을 지을 때는 수목이 울창해서 산맥이 보이지 않았으므로 사람을 시켜 장대에 깃발을 달고 격자봉을 오르내리게 하면서 그 높낮이와 향배를 헤아려 집을 지었다고 한다. 이렇게 잡은 낙서재는 보길도 안에서 가장 좋은 집터라고 한다.

'낙서재'는 글도 가르치고 책도 읽으면서 자유롭게 산책도 하며 숨어 지내고자 하는 선비의 생활공간이었다. 최근 낙서재 마당 북쪽에 고산이 달구경하던 귀암(龜巖)이 발견되어 남쪽의 소은병과 낙서재, 귀암 등 건물배치의 대략적인 모습이 확인되었다고 한다. 낙서재는 처음 한동안은 띠나 이엉으로 지붕을 이어 살았다고 하며 그 뒤에 잡목을 베어 거실을 만들었고, 후에 후손들이 기와를 얹었다고 알려져 있다. 낙서재 뒷편 평풍같은 바위로, 주자학을 집대성한 중국의 주자가 있던 복건성 무이산 대은봉에 비추어 소은병이라 이름을 지었다 한다.

〈낙서재〉

낙서재 옆에는 침소의 목적으로 '무민당(無悶堂)'을 지었는데, '번민이 없는 집'으로 이름을 붙여 '세속의 번민으로부터 벗어나고자 하는' 고산의 심중이 반영되어 있다고 할 수 있겠다.

윤위가 지은 『보길도지』에서는 "낙서재의 남쪽에 외침(外寢)을 짓고 1칸인데, 사방으로 퇴를 달았으며 간살이가 매우 넓고 컸다. 또 두 침소 사이에 동와(東窩)와 서와(西窩)를 지었는데 각기 1칸씩인데 사방으로 퇴를 달았다. 늘 외침에 거처하면서, 세상을 피해 산다〔辻世〕는 뜻을 취하여 '무민(无悶)'이라는 편액을 달았다."고 적고 있다.

'낭음계(朗吟溪)'는 격자봉의 '계류 물소리를 구슬 구르는 소리'에 비유하여 이름붙인 것으로 알려져 있다. 낭음계의 동쪽 언덕에 자연경사면을 이용한 남서방향의 곡수당(曲水堂)과 사각형

못[長方形池]의 모습이 원형대로 남아있었는데, 최근 거의 복원되었다.

'곡수당'은 윤선도의 아들이 휴식하는 공간으로 계곡물을 끌어 사각형의 연못을 만들어 놓았고 격자봉 골짜기로 내려온 물길은 낙서재 터를 한바퀴 휘돌아 나간다.

『보길도지』에 의하면 곡수당은 초당으로 된 한 칸의 건물인데 사방에 퇴를 달았다 한다. 정자는 세연정보다 다소 작지만 섬돌과 초석은 정교함을 더했다. 초당 뒤에는 평대(平臺)를 만들고 삼면으로 담을 둘러 좌우에 작은 문을 두고 있다. 담 밑에 흐르는 물은 낙서재 우측 골짜기에서 작은 연못에 흘러내리게 했다.

〈곡수당 전경, 유산 김영환〉

마을 입구 동천석실 입구까지 다다른 계류는 산에 막혀 꼬리를 틀어 바다로 향했을 것이며, 이 계곡을 건너면 그의 개인적인 사색의 공간 동천석실 권역이 나타난다. 계곡을 건너는 곳에 작은 다리 하나가 있는데, 다리를 중심으로 공적인 공간과 사적인 공간이 나누어지는 셈이다.

'동천석실(洞天石室)'은 낙서재와 마주보는 산마루 가까이, 탁 트인 시야를 가진 곳에 자리하고 있다. 절벽 위에 세운 한 칸짜리 정자로, 이곳에서는 '서책을 즐기며 신선처럼 소요하는 은자의 처소'라는 의미를 지니고 있다한다. 그 이름은 신선이 산다는 '동천복지(洞天福地)'에서 글을 따와 붙였다고 전한다.

낙서재가 공적인 공간이라면 동천석실은 철저히 개인적인 공간으로, 이곳에서 건너편의 낙서재와 한 눈에 들어오는 풍경들을 바라보노라면, 세상을 내려다보는 신선과 다를 바 없었을 것이다.

〈동천석실〉

정자 좌측에는 대를 쌓아 달을 볼 수 있는 월대를 세워두고, 오른쪽 작은 바위에는 상을 펼칠 수 있게 바위를 쪼아 차바위를 만들어 놓았다. 차 바위 옆에는 이곳에서 휴식하면서 집인 낙서재에 용무가 있거나 또는 식사를 올릴 때는 도르레를 동천석실과 낙서재 사이를 소통하였다고 한다.

예전에는 동천석실 한 칸만 있었으나 『보길도지』에 '동천석실의 하얀연기'라는 문장을 발견하고 주변을 발굴한 결과 석실 아래 터에서 부뚜막이 발견되었던 것이다. 그래서 지금 현재는 '동천석실' 바로 아래 사진과 같이 숙박 공간으로서의 정자가 하나 더 복원되어 있다.

더욱 놀라운 것은 바위 앞에 석담을 둘러 작은 연못을 만들어 연꽃을 감상했다는 것이다.

〈동천 석실의 연못〉

동천석실에서 고개를 들어 산세를 돌아보노라면, 연꽃에 해당하는 격자봉의 줄기들이 부용동을 휘감고 그 혈맥의 자리에 낙서재가 자리잡고 있으며, 연꽃의 수술에 해당하는 자리에 인공으로 조그만 산을 만들어 풍수를 완성했다고 한다.

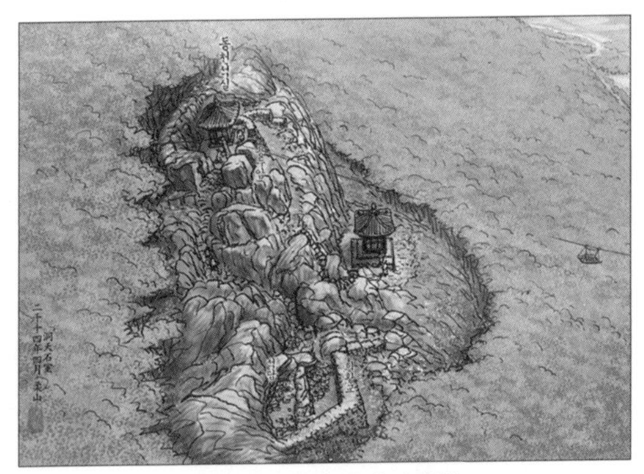

〈동천석실 전경, 유산 김영환〉

낙서재가 공식적인 공간이요, 동천석실이 개인적인 사적 공간이면, '세연지(洗然池)'는 유희공간인 셈이다.

부용동 입구에 위치한 세연지는, 고산이 돌로 둑을 쌓아 계곡물을 막아서 만든 물을 다시 '회수담(回水潭)'으로 끌어들인 것이다. 세연정 동쪽 축단 밑에 계담에서 인공연못으로 흘러드는 터널식 수입구(水入口)가 있다. 계담 쪽에서 물이 들어가는 수구(水口)는 다섯 구멍이며, 인공 연못 쪽으로 나오는 수구는 세 구멍이다. 이 구조는 아주 독특한데 물막이 석축에 다섯 곳의 흡수구를 만들어 흐르는 물을 받아들이되 배출하는 구멍은 세 곳만 만들어 수량을 조절할 수 있도록 만든 구조이다.

'판석보(板石洑)'는 우리나라 조원 유적 중 유일한 석조보(石造洑)로 일명 '굴뚝 다리'라 부르며 세연지에 물을 가둘 목적으로 만들었다. 놀라운 것은 건조할 때는 돌다리가 되고 우기에는 폭포가 되어 일정한 수면을 유지하도록 만들었다는 점이다. 보의 구조는 양쪽에 판석을 견고하게 세우고 그 안에 강회를 채워서 물이 새지 않게 한 다음 판석으로 뚜껑돌을 덮은 형태로 되어 있다.

〈세연정 조감도〉

판석보 위에 인공적으로 조성된 회수담 가운데에 정자를 만들었으니 그것이 '세연정(洗然亭)'이다. '세연(洗然)'이란 '주변 경관이 물에 씻은 듯 단정하여 기분이 상쾌해 지는 곳'이란 뜻으로, 『고산연보』에서는 1637년 고산이 보길도에 들어와 부용동을 발견했을 때 지은 정자라고 기록되어 있다.

그런데 세연정은 특이한 점이 하나 있다. 그것은 정자가 위치한 방향으로, 일반적인 건축물이 햇볕이 잘 드는 남쪽방향 즉 남향으로 지은 데 비해 세연정은 북향 다시 말해 북쪽방향으로 지은 건물이라는 점이다. 조선시대에서 북쪽은 곧 임금이 계시는 한양 방향을 의미한다. 고산은 임금이 계신 북쪽으로 창을 내고 날마다 인사를 올렸다고 한다.

세연지에는 크고 작은 바위들이 드러나 있어 축대로 쌓은 회수담의 인공미와 잘 어울리며, 세연정 동쪽에는 동대와 서대라는 두 개의 단이 있는데 무희가 춤을 추고 악사가 풍악을 울리던 곳이라 한다. 특히 서대는 나선형으로 만들어져 있어서 무희들이 춤을 추다 보면 어느새 나선형의 길을 따라 꼭대기에 닿았다고 한다.

보길도에서의 고산이 어떠한 삶을 살았는지 그의 후손 윤위가 쓴 『보길도지』를 보면 잘 알 수 있는데, 다음과 같이 기록은 전하고 있다.

> 첫 닭이 울면 일어나 경옥주 한잔을 마시고 낙서재에서 강학하였고, 아침 식사 후에는 사륜거를 타고 풍악과 함

께 곡수대에서 놀거나 동천석실에 올랐다 한다. 날씨가 화창한 날에는 반드시 세연정으로 나아가 풍류를 즐겼는데, 연못 가운데는 작은 배를 띄워 남자아이들에게 채색 옷을 입히고, 배를 움직여 빙빙돌면서 그가 지은 「어부사시사」 등의 가사를 느린 가락에 맞추어 노래 부르게 했다. 이러한 일은 질병이 없는 한 하루도 거른 적이 없었다.

– 윤위, 『보길도지』

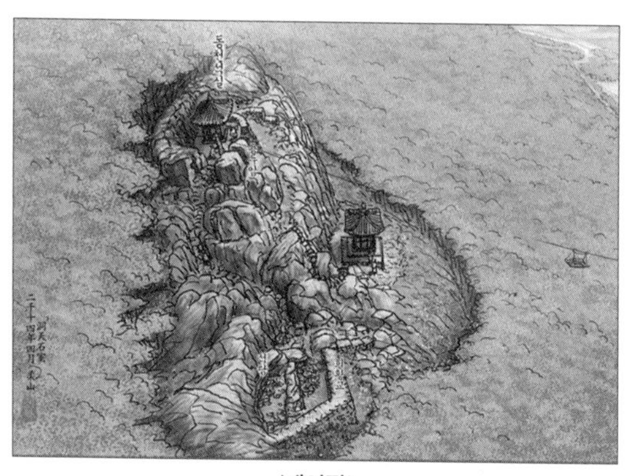

〈세연정〉

인용한 글에서 볼 수 있듯이, 당시 고산은 보길도에서 자연에 은거하는 기쁨을 맛보면서 온전히 맛보며 신선 같은 생활을 만끽하고 있었다. 오늘날의 눈길로 봐도 부러워할 고산의 화려한(?) 보길도에서의 삶이, 생활이 중앙 정계에서 구설수에 올랐음을 다음의 편지를 통해서 알 수 있다.

> 어제 서울의 친구가 보낸 편지를 보니, 바다에 들어가 산다고 번다한 말이 있다고 하였습니다. 뜬세상의 허랑한 이야기가 낚싯배 속에도 들어 온 것일까요. 군자의 처세는 벼슬에 나아가거나 자연에 드는 두 가지 길뿐입니다. 조정이 아니면 산림이란 말은 이제 옛말입니다. 제가 이미 늙고 병들어 세상에 나아갈 수 없으므로 산림의 수석에서 소요하며 여생을 마치지 않는다면 이제 어디로 가야 한단 말입니까?
>
> – 윤선도, 「정판서에게 올리는 글(上鄭判書書)」, 『고산유고』

편지에서 보듯 보길도에서 고산의 삶에 대해서 말들이 많았던 것으로 보인다. 그것은 비슷한 지역에 위치한 면앙정이나 소쇄원 등이 자연에 순응하며 인공미를 최대한 절제한 소박한 형태의 건물인데 비하여, 고산의 그것들은 지나치게 화려했다는 것이 문제가 되었을 것이다. 단순히 자연 속에 은거한 것이 아니라 자신의 취미와 기호를 최대한 살려, 정자와 건물을 짓고 연못을 만들었던 것이다. 고산 자신은 벼슬길에서 밀려나 조용히 자연에서 살겠다는 데 왜 그게 시비거리냐고 생각했던 것 같다. 그러기에 '조정 아니면 산림' 두 가지 길에서 '늙고 병들어 세상에 나아갈 수 없으므로 산림의 수석에서 소요하며 여생을 마치지 않는다면 이제 어디로 가야 한단 말입니까'라는 하소연에서 그런 속내를 엿볼 수 있다. 그러나 당시의 벼슬길에서 물러나 낙향한 선비 사대부들의 일반적인 삶의 행태는, 가난한 가운데서도 즐거움을 찾는 '안빈낙도'가 주류였다. 그러한 관점에서 보자면 보길도에서의 고산의 삶은 조선시대라는 환경에서 한 개인이 자연에서 누릴 수 있는 최대의 호사로 비칠 법도 하다. 사대부들 사이에 비난의 여론이 들끓었던 것은 어쩌면 당연한 현상일지도 모른다.

「어부사시사」를 지을 지음 중앙 정계에서 약간의 변화가 발생한다. 고산이 63세 되던 1649년에 인조 임금이 승하하고, 봉림대군이 임금이 된 것이다. 봉림대군은 우리가 잘 알고 있는 효종임금으로, 어릴 때 고산에게서 배웠기에 고산이 스승이 되는 셈이었다. 효종의 등극은 고산의 삶에 다시 큰 변화를 가져오게 된다. 고산은 즉시 '수신치국의 도'를 주장하는 상소를 올렸고, 그 상소는 가뜩이나 고산을 언짢게 보는 측으로부터 비방을 받게 된다. 그 중에서도 인조 임금이 승하했을 때 '분곡(奔哭)하지 못한 것'이 문제가 되었다. 분곡이란 왕이 죽었을 때 달려가서 엎드려서 곡을 하는 일인데, 당시 고산은 병중이라 분곡을 할 수 없었고, 또 거리상으로 문제도 있었을 것이다. 그래서 고산은 병으로 분곡하지 못했음을 사죄하는 글을 아들 현도를 통해서 올렸으나, 감사(監司) 이시만(李時萬,1601~1672)에 의해서 각하되었다. 그래서 9월에 장남 인미를 보내 상소를 올렸지만 반발이 가라앉지 않았다.

> 사헌부가 아뢰기를, "전 현감 윤선도는 일찍이 선조 때 후한 은혜를 입었음에도 병자년 난리 때 끝내 분문(奔問)하지 않고 해도(海島)를 점유하여 호부(豪富)함을 즐겼으며, 나라에 국상이 있는데도 감히 마음대로 편안함을 즐겨 분곡(奔哭)하지 않고서 아들을 보내 상소하여 은영 중 조정의 뜻을 염탐하였으니, 그의 교만스럽고 세상을 농락한 정상이 더욱 얄밉습니다. 잡아다 국문하여 죄를 정하소서.
>
> –『효종실록』

고산 개인으로 봐서는 원통하기 짝이 없는 노릇이지만, 병자호란 때의 남한산성에 피신해 있는 '왕을 찾아가서 문안하지 않았다'는 '불분문(不奔問)'의 죄가 아직도 꼬리표를 달고 있었고, 엎친 데 덮친 격으로 '분곡(奔哭)'도 하지 않은 셈이 되었으니 가중처벌감이었다. 게다가 상소에서는 보길도에서 화려한 풍류에 빠져 일부러 '분곡'을 하지 않은 것처럼 되어 있었는데다 아들을 보내 조정의 뜻을 염탐하려는 의도로 오해를 받기까지 했으니, 정적들에게는 다시없는 빌미를 준 셈이다.

그런 와중에서도 스승을 살뜰히 챙기는 효종의 위로가 고산에게 큰 힘은 되었을 것이다. 조금이나마 남아있던 중앙 정계에 대한 관심을 완전히 접고, 보길도로 내려 와 온전히 자연과 하나가 된 고산이 이즈음에 지은 작품이 바로 「어부사시사」이다.

「어부사시사」의 창작 소재가 되어 준 포구는 황원포일 것으로 추정되는데, 황원포는 세연정과 멀지않은 거리에 있는 데다, 세연정 뒤편에 위치한 옥소대에 올라서면 황원포의 전경이 고스란히 눈에 들어온다. 황원포를 드나드는 고깃배와 어부들의 부산한 모습 그리고 계절마다 바뀌는 풍광들 모두가 창작의 대상이 되었을 것이다.

본래 어부사시사는 고려시대부터 전해 내려오던 노래로, 작자를 알 수 없는 순한문(純漢文)투의 어부사(漁父詞)였다. 이것을 이현보(李賢輔)가 부드럽게 간추려서 전문 9수의 가사로 고쳐서 불리워 왔다. 그러나 고산은 이 또한 노래로 부르기에는 여러모로 불편한 점이 많다하여 우리말로 고치는 한편, 시상을 달리 잡아서 춘하추동 즉 봄, 여름, 가을, 겨울의 사계절로 나누고 각 10장의 엇시조로 엮은 전문 10장의 연시조로 바꾸어 시를 지은 것이다.

여기서 한 가지 눈여겨 볼 사실은 이현보가 살았던 16세기와 고산이 살았던 16세기 말~17세기는, 약간의 시기 차이에도 불구하고 사대부들의 시 창작 환경은 상당한 차이를 보인다는 점이다. 이현보가 살았던 시기는 극심한 당파싸움으로 인해 매우 혼탁한 시기였다. 그래서 마음은 늘 자연과 함께 하고 싶었지만 정치 현실을 완전히 망각하고 안주할 수 없었기에, 자연에서의 삶과 즐거움을 노래하는 경우에도 지나친 자연미에 대한 탄상이나 감흥을 발산하는 것을 스스로 억제하던 때였다. 그에 반해 윤선도가 살았던 16세기 말~17세기는 혼탁한 정치현실을 혐오하는 사대부들이 자연에서 누리는 즐거움을 노래하는 시기였다. 그래서 윤선도의 「어부사시사」에는 강호에서 누리는 넉넉함과 아름다움, 그리고 그 속에서의 기쁨과 흥(興)을 제대로 표현 할 수 있었던 것이다.

「어부사시사」는 말 그대로 보길도의 춘하추동 각 4계절의 경치를 노래한 작품이다. 각 작품에는 계절마다 펼쳐지는 어촌의 아름다운 경치와 어부 생활의 흥취가 여음(餘音)과 더불어 잘 드러나 있다. 특히 초장과 중장 다음에 여음이 들어 있는데, 중장 다음에 나오는 여음 '지국총 지국총 어사와'는 전편(全篇)이 일정하지만, 초장 다음의 여음은 각 계절의 10수가 모두 다음과 같다.

1수 : ᄇᆡ ᄯᅥ라, ᄇᆡ ᄯᅥ라

2수 : 닫 드러라, 닫 드러라

3수 : 돋 ᄃᆞ라라, 돋 ᄃᆞ라라

4수 : 이어라, 이어라

5수 : 이어라, 이어라

6수 : 돋 디여라, 돋 디여라

7수 : ᄇᆡ 셰여라, ᄇᆡ 셰여라

8수 : ᄇᆡ ᄆᆡ여라, ᄇᆡ ᄆᆡ여라

9수 : 닫 디여라, 닫 디여라

10수 : ᄇᆡ 브텨라, ᄇᆡ 브텨라

「어부사시사」는 앞서 소개한 것과 같이 계절마다 10수씩, 합쳐서 40수의 노래가 있기 때문에 모두 소개하기에는 무리가 따른다. 해서 각 계절별로 두 편씩 대표작을 소개하고자 한다.

> 춘사(春詞).1
> 압개예 안개 것고 뫼희 ᄒᆡ 비췬다.
> ᄇᆡ 떠라 ᄇᆡ 떠라
> 밤물은 거의 디고 낟믈이 미러 온다.
> 至匊悤(지국총) 至匊悤(지국총) 於思臥(어사와)[32]
> 江강村촌 온갓 고지 먼 빗치 더욱 됴타.
>
> – 윤선도, 「어부사시사」, 『고산유고』

32) '지국총 지국총'은 노 젓는 소리를 나타낸 의성어. '어사와'는 노를 저으며 어기어차 어기어차 외치는 소리의 음차(音借)이다.

[현대어 풀이]

(봄 노래1 - 강 마을의 봄 풍경)

앞 갯가에 안개 걷히고 뒷 산에 해가 비친다.

배 띄어라 배 띄어라

썰물은 거의 빠지고 밀물이 밀려 온다.

찌그덕 찌그덕 어기여차

강마을의 온갖 꽃들이 먼 빛으로 바라보니 더욱 좋구나.

[해설]

아침 안개가 걷히면서 뒷산에 해가 떠오르면서, 온갖 꽃이 피어나는 봄날의 정취를 나타내었다.

춘사(春詞). 4

우ᄂᆞᆫ 거시 벅구기가, 프른 거시 버들숩가,

이어라[33], 이어라

漁村(어촌) 두어 집이 닛속의[34] 나락들락.

至匊悤(지국총) 至匊悤(지국총) 於思臥(어사와)

말가ᄒᆞᆫ 기픈 소희 온갇 고기 뛰노ᄂᆞ다.

– 윤선도, 「어부사시사」, 『고산유고』

33) (노를) 저어라

34) 안개 속에. 엷게 깔린 구름 속에

[현대어 풀이]

(봄노래 4 - 배에서 바라본 어촌의 풍경)

우는 것이 뻐꾸기인가, 푸른 것이 버드나무 숲인가.

노 저어라 노 저어라.

어촌의 두어 집이 안개 속에 들락날락하는구나.

맑고 깊은 못에 온갖 고기 뛰노는구나.

[해설]

춘사 4는 봄노래를 대표하는 노래로 봄을 대표하는 새인 뻐꾸기를 활용한 청각적 이미지와 푸른 버들 숲으로 표현한 시각적 이미지 그리고 봄날의 안개 속에 집이 보일랄말락하는 평화로운 정경과 함께 맑고 깊은 소에 뛰노는 물고기를 통해서 봄의 생동감을 나타내었다. 무엇보다 이 시에서는 '들낙날락' 대신 '나락들락'으로 표현하여 운율감을 고려한 표현을 사용하였다.

하사(夏詞).1

구즌비 머저 가고 시 물이 ᄆᆞᆰ아 온다.

ᄇᆡ 떠라 ᄇᆡ 떠라

낫대를 두러메니 기픈 興(흥)을 禁(금) 못ᄒᆞᆯ돠.

至匊悤(지국총) 至匊悤(지국총) 於思臥(어사와)

煙江(연강) 疊嶂(첩장)은 뉘라셔 그려 낸고.

-윤선도, 「어부사시사」, 『고산유고』

[현대어 풀이]

(여름 노래. 1 - 비 갠 뒤의 아름다운 경치)

궂은 비 멎어가고 시냇물이 맑아 온다.

배 띄어라 배 띄어라

낚싯대를 둘러메니 깊은 흥을 금치 못하겠다.

찌그덕 찌그덕 어기여차

안개 낀 강과 중첩된 봉우리는 뉘가 그려내었는고.

[해설]

비가 잦은 여름날 비가 멎으면서 맑아오는 시냇물을 통해서 느끼는 여름의 계절감과 낚싯대를 둘러메는 여유로운 어촌의 생활에 기쁨을 금치 못함을 드러내었다. 안개낀 여름날의 운치와 첩첩이 쌓인 봉우리에 대한 찬탄을 하고 있다.

하사(夏詞). 2
넌닙희 밥싸 두고 반찬으란 쟝만마라.
닫 드러라 닫 드러라
청약립(靑蒻笠)[35] 은 써 잇노라, 녹사의(綠蓑衣)[36]
가져오냐.
至匊悤(지국총) 至匊悤(지국총) 於思臥(어사와)
무심(無心)ᄒᆞᆫ ᄇᆡᆨ구(白鷗)ᄂᆞᆫ 내 좃ᄂᆞᆫ가, 제 좃ᄂᆞᆫ가.

– 윤선도, 「어부사시사」, 『고산유고』

[현대어 풀이]

(여름 노래. 2 - 배 위에서의 흥취)

연 잎에 밥을 싸고 반찬은 준비하지 마라.

닻 올려라 닻 올려라

삿갓은 썼노라. 도롱이를 가져 오느냐

찌그덕 찌그덕 어기여차

무심한 갈매기는 내가 저를 좇아 가는가, 제가 나를 좇아 오는가

[해설]

연잎에 싼 도시락만 있으면 반찬은 고기를 잡아서 마련하겠다는 데서 알 수 있듯이 소박한 어부의 먹거리와 비를 대비하기 위한 삿갓과 비옷을 챙기는 것으로 계절감을 나타냄과 동시에, 소박하고 건강한 어부의 생활이 넉넉한 여유 속에서 잘 드러나고 있다. 안분지족(安分知足)하는 삶의 모습과 서민들의 삶이 그려져 있다. 마지막 연에는 갈매기가 나를 쫓는 것인지 갈매기가 자신을 쫓는 것인지라는 표현을 통해서 자연과 완전히 하나가 된 상태를 표현했다.

35) 푸른 갈대로 만든 갓

36) 짚이나 띠 따위로 엮어 어깨에 걸쳐 두르던 재래식 우장의 한 가지. 도롱이

추사(秋詞). 2
슈국(水國)의 ᄀᆞ을히 드니 고기마다 ᄉᆞᆯ져 인다.
ᄃᆞᆮ 드러라 ᄃᆞᆮ 드러라
만경(萬頃) 딩파(澄波)의 슬ᄏᆞ지 용여(容與)ᄒᆞ쟈.
지국총(至匊悤) 지국총(至匊悤) 어사와(於思臥)
인간(人間)을 도라보니 머도록 더옥 됴타.

– 윤선도, 「어부사시사」, 『고산유고』

[현대어 풀이]

(가을 노래. 2 - 속세를 떠난 즐거움)
보길도에 가을이 드니 고기마다 살쪄있다.
닻 올려라 닻 올려라
넓고 맑은 밝에서 물결에 마음껏 즐겨보자
찌그덕 찌그덕 어기여차
인간 세상을 돌아보니 멀수록 더욱 좋구나

[해설]

살찐 고기를 통해 가을의 풍성함과 함께 가을 하늘을 닮은 바다를 묘사했다. 그리고 종장에서는 속된 세상에서 벗어나고자 하는 고산의 심경이 표현되어 있다.

추사(秋詞). 4

그려기 ᄠᅥᆺᄂᆞᆫ 밧긔[37] 못 보던 뫼 뵈ᄂᆞ고야.
이어라 이어라
낙시질도 ᄒᆞ려니와 取취ᄒᆞᆫ 거시 이 興흥이라.
至匊悤(지국총) 至匊悤(지국총) 於思臥(어사와)
석양(夕陽) ᄇᆞᄋᆡ니[38] 쳔산(天山)이 금슈ㅣ(錦繡)[39] 로다.

– 윤선도, 「어부사시사」, 『고산유고』

[현대어 풀이]

(가을 노래. 4 - 새로운 자연을 대하는 즐거움)
기러기 떠난 밖에 못 보던 산이 보이는 구나
노 저어라 노 저어라
낚시질도 하겠지만 내가 취하려는 것은 자연을 즐기는 이 흥취라
찌그덕 찌그덕 어기여차
석양이 비치니 온 산이 수 놓은 비단이구나

37) 떠 있는 밖에, 떠 있는 저 멀리
38) 비치니, 눈부시니
39) 수를 놓은 비단

[해설]

가을을 대표하는 기러기와 함께 늘 보아오던 산이 단풍으로 인해 못보던 산처럼 느껴진다고 표현하여 계절을 나타내었다. 자연에서 느끼는 흥취가 낚시보다 좋다는 것으로 그 정도를 나타내었고, 후렴에서는 석양에 비친 단풍든 산이 비단으로 수를 놓은 것 같다는 비유법으로 나타내었다.

> 동사(冬詞). 3
> 여튼 갠[40] 고기들히 먼 소ᄒᆡ 다 갇ᄂᆞ니
> 돋 ᄃᆞ라라, 돋 ᄃᆞ라라
> 져근덛[41] 날 됴흔제 바탕의[42] 나가보쟈.
> 至匊悤(지국총) 至匊悤(지국총) 於思臥(어사와)
> 밋기[43] 곧다오면[44] 굴근 고기 믄다 ᄒᆞᆫ다.
>
> – 윤선도, 「어부사시사」, 『고산유고』

40)41)42)43)44)

[현대어 풀이]

(겨울 노래. 3 - 겨울 바다에서의 낚시질)

40) 열은 개[浦]의
41) 잠깐, 잠시 동안
42) 일터[어장(漁場)]에
43) 미끼
44) 향기로우면, 좋으면

(날씨가 추워지니) 얕은 포구의 고기들이 깊은 못으로 다 갔구나
돛 달아라 돛 달아라
잠시라도 날씨 좋을 때 어장으로 나가보자
찌그덕 찌그덕 어기여차
미끼가 좋으면 굵은 고기가 문다한다

[해설]

겨울이란 계절은 고기들도 깊은 곳으로 이동하고, 일기도 고르지 않고 바다도 험해 낚시하기도 만만치 않다. 결국 겨울에 낚시를 하려면 날씨가 좋을 때를 골라야 하는데, 짧은 시 속에 어촌에서의 삶이 잘 나타나 있다.

동사(冬詞). 4
간밤의 눈 갠 후(後)에 경물(景物)이 달   고야.
이어라 이어라
압희는 만경(萬頃) 류리(琉璃) 뒤희는 천 (千疊) 옥산(玉山).
지국총(至匊悤) 지국총(至匊悤) 어사와(於思臥)
션계(仙界)ㄴ가 불계(佛界)ㄴ가, 인간(人間)이 아니로다.
- 윤선도, 「어부사시사」, 『고산유고』

[현대어 풀이]

(겨울 노래. 4 - 눈 덮인 강촌의 아름다움)

지난 밤 눈이 갠 뒤에 경치가 달라졌구나

노를 저어라 노를 저어라

앞에는 넓고 맑은 바다, 뒤에는 겹겹이 둘러있는 흰 산

찌그덕 찌그덕 어기여차

신선이 사는 세상인지 부처가 사는 극락인가 인간 세상은 아니구나

[해설]

눈 온 다음의 겨울 어촌 모습을 비유법으로 그려내었다. 온 세상이 달라졌음은 물론 유리같이 맑은 바다와 옥을 뒤덮은 산들은, 시선이 사는 세상인지 극락인지 아무래도 인간 세상은 아닌 것 같다고 감회를 나타내고 있다.

이현보의 어부가에서 시상(詩想)을 빌려 왔다고는 하지만, 후렴구만 떼고 나면 제대로 된 3장 6구의 시조 형식을 지니면서, 완전히 새로운 자기 언어로 독창적인 아름다움을 나타내고 있어 고산의 「어부사시사」는, 국문학사에서 조선시대의 빛나는 문학적 유산으로 손꼽히기에 충분하다. 다만 한 가지 짚고 넘어가야 할 사실은 「어부사시사」의 주인공이자 시적화자인 고

산의 입장은 어디까지나 가어옹(假漁翁), 즉 어부의 입장에서 지은 것이지 고산이 어부는 결코 아니라는 점이다.

7 정계의 소용돌이 속으로 복귀하다

「어부사시사」를 지은 이듬해인 66세에 고산은 효종의 배려로 성균관 사예 정4 품에 임명되어 오랜 은거생활을 청산하고 중앙정계로 복귀한다. 역마를 타고 대궐에 들어올 수 있도록 허락했으니, 고산에 대한 효종의 배려가 얼마나 극진했는지를 잘 알 수 있는 대목이다. 이후 고산은 승정원 동부승지에 임명되었고, 경연에도 참여하여 효종의 두터운 신임을 받는다. 그러한 효종의 배려는 정적들에게 다시 반발을 불러 일으켰다. 사관의 기록을 보면 당시 정적들이 고산을 어떻게 보고 있었는지 여실하게 드러난다.

> 윤선도는 사람됨이 바르지 못하고 가정 생활이 볼 만한 것이 없었으며, 부귀와 사치가 도를 넘고 행실이 방종하기 이를 데 없었으므로 젊어서 청요직[45]을 역임한 뒤로 조정

---

45) 청요직(淸要職)은 청직과 요직을 합한 것이다. 청직은 사헌부, 사간원, 홍문

에 용납되지 못해 해남에 물러가 살았다. 그리고 병자호란 때에 끝내 어려움을 같이 하기 위해 달려오지 않았으므로 난이 끝난 뒤 대간으로부터 무거운 탄핵을 받았다. 그 뒤 인조가 승하하셨을 때 시골로 물러나 어렵게 지내던 사대부들이 모두들 달려와 곡을 했으나 윤선도만은 시골집에 버젓이 누워 분곡하지 않아 대신이 붙잡아 국문할 것을 청했으나 임금이 따르지 않았다.

–『효종실록』

이렇게 사방에서 비난이 끊이지 않자 고산은 임금에게 체직(遞職)[46] 할 것을, 요청했으나 효종은 "인심과 세도가 비록 아름답지 못하다고는 하나 국법이 엄연하게 있는데 저 시기하고 질투하는 무리들이 어찌 감히 조정에서 간사한 꾀를 부릴 수 있겠는가."하고 감싸 주었다. 그럼에도 승지 임명을 둘러싸고 비방의 상소가 이어지자 고산은 사직을 하고 요양차 경기도 양주의 집에 지냈다. 그 때에도 4월과 7월에 효종이 세 차례나 음식을 보내 위로하였다. 이 때 지은 시조가 몽천요(夢天謠) 세 편인

관 등 관리의 비위를 조사하고 왕에게 직언하며 사관을 역할을 하였다. 요직은 인사나 재무를 담당하는 관직이었다. 과거 급제 후 삼사를 거쳐야만 비로소 벼슬길로 나아갈 수 있었으며, 청요직을 얻는 데는 신분적 배경이 필요할 정도로 출세가 보장되고 권세가 있었다 한다.

46) 벼슬을 갈아냄, 즉 벼슬에서 물러나게 하는 것을 말함.

데, 시보다는 시를 위한 발문에 고산의 심경이 잘 나타난다.

> 위시(魏詩)에 가로되, "동산의 복숭아 그 열매가 많기도 하구나. 마음에 시름들을 노래하고 또 부르네. 내 마음 모르는 사람들은 나더러 교만하다고 하네. 저 사람 잘하는데 네가 무슨 말이냐고. 내 마음 속 이 시름을 누가 알아줄까. 이제 생각을 말아야지." 두자미(杜子美)의 시에 가로되, "강과 바다에 뜻이 없지 않아, 마음 편하게 세월을 보내고 싶지만, 생전에 요순같은 임금을 만났으니 쉽게 헤어질 수가 없네…….
>
> – 윤선도, 「몽천요」 발문, 『고산유고』

정적들의 끊임없는 시기와 상소로 자연으로 돌아가고 싶지만, 요순같은 임금을 만났으니 돌아갈 수도 없는 상황을 표현한 것이다.

고산은 그 해 10월 22일 왕이 나라를 다스림에 있어 꼭 필요한 여덟 가지 즉 '하늘을 두려워하고, 마음을 다스리며, 인재를 가려 쓰며, 상벌을 명확히 하며, 기강을 진작하고, 붕당을 파하며, 나라를 강하게 하는 도를 갖추고, 학문에 종사하는 요령이 있어야 한다'는 뜻을 가진 「시무팔조소(時務八條疏)」를 올린다. 그리고 마지막 부분에 "전하께서 탁월한 자질을 갖추어 학문한 지 이미 오래 되었고, 정치에 임한 지 4년인데도 아직 그 요령을 터득하지 못하였으니, 전하께서 학문하실 때 혹 자신에게 절실하지 않으신 것 아니냐. 수신하는 큰 법도는『소학』한 권에 있다"고 신하로서 하기 힘든 직언을 서슴지 않는다. 내용 자체로는 원칙적으로 옳은 얘기이며 새로운 내용을 담고 있었던 것은 아니지만, 신하로서가 아닌 임금의 스승으로서 제자를 대하는 뜻이 은연중에 담겨 있었으며, 당신이 임금과 어떤 관계인지를 과시하려는 생각도 있었던 것 같다.

사관은 "임금님의 뜻을 몰래 흔들고 그 귀를 어지럽히려 했다"는 혹독한 평을 했지만, 효종은 "참으로 나라를 다스리는 법이 잘 갖추어져 있으며, 한마디 한마디가 절실하고 한자 한자가 간곡하여 재삼 읽었으나 그칠 줄을 모르겠다"는 극찬과 함께 "지속적으로 소사를 올려 나의 과실을 지적하고, 미치지 못한 바를 보완해주기 바란다"고 하여 고산에 대한 두터운 신임과 함께 스승에 대한 예를 차린다.

그 정도로 그쳤으면 좋으련만 고산 특유의 꼬장꼬장함이 발동하여 훈척대신인 '원두표'에 대한 상소를 올리게 된다. 이 상소는 효종조차 몹시 당황하여"상소한 내용이 하고 해괴하고 경망하여 버려 둘 수 없으니, 본직을 갈라"고 명하여 사건을 진화하려고 미리 손을 썼다. 그러나 당사자인 원두표를 비롯하여 홍무적(洪茂績) · 정태화(鄭太和) 등이 고산에게 벌을 줄 것을 요구

했다. 이에 효종은 "시골에서 올라 와 시세를 모르고 사람됨도 해괴하고 경망하니, 책망할 것도 못된다." 며 무마시켰다.

겨우 사태가 수습되어 다시 보길도로 돌아오니 그의 나이가 67세였다. 자신이 가르친 제자가 왕이 되는 든든한 뒷배를 가지고도 중앙 정계에 불과 몇 년을 버티지 못한 셈이니, 다시 정계로 복귀하기란 영영 힘들 것이란 생각을 할 수밖에 없었을 것이다. 고산의 불행은 그것으로 그치지 않았다. 그의 나이 69세에 부인 남원 윤씨가 세상을 떠난다. 16살에 시집을 와 52년간을 같이 지낸 부인이었으니, 부인을 잃은 슬픔이 적지는 않았을 터다. 뒤이어 손자 윤이구가 스물 여섯이라는 젊은 나이로 세상을 떠나게 되는 비극을 맞는다. 고산은 조선시대에서는 보기 드물게 장수를 한 셈이긴 하지만, 그것과 상관없이 젊은 자식과 며느리 그리고 손자까지 자신보다 먼저 세상을 떠나게 되었으니, 상심함이야말로 다 할 수 없었을 것이다. 지금도 그렇기는 하지만, 특히 조선시대에서 부모보다 자식이 먼저 죽는 경우를 가장 안타까운 일중의 하나로 여겼고, 자식이 부모보다 먼저 세상을 달리 하는 경우를 가장 큰 불효라 여기던 시대였기도 했다.

고독하고도 화려한 보길도에서의 노년을 보내고 있던 고산에게 71세 되던 해인 1657년(효종 8년)에 궁중의 약에 대한 논의차 올라오라는 명이 내리게 된다. 의약에 대한 고산의 지식이 얼마나 뛰어났는지를 알게 해주는 대목이다.

어쨌든 다시 임금의 부름으로 다시 중앙정계로 올라가게 되어 첨지중추부사(僉知中樞府事), 공조참의(工曹參議) 등에 임명되었다. 물론 이번에도 효종 임금의 특별한 배려에 의해서 이루어진 벼슬이었고, 아니나 다를까 정적들의 질시와 공격도 여전했다. 고산도 이에 맞서 열세 번에 걸쳐 벼슬을 그만 두겠다는 사직 상소를 올리게 된다. 상소에서 고산은 '목숨을 내걸고 앞 뒤 가리지 않다가 끊임없이 불화를 일으켜 온 젊은 날의 자신과 노년에 이르러서까지 현실정치에서 수용되지 못하는 자신의 신세를 한탄'하는 내용을 담았다.

이 때 정치적으로 매우 민감한 사건이 벌어지게 되는데, 시축옥사로 희생당한 정개청의 서원을 허물고 신주(神主)를 불사르는, 소위 '정개청 복권' 사건이 벌어 진 것이었다. 이 일을 가만히 앉아 볼 수 없었던 고산은 다시 상소를 올렸고, 당시의 집권 세력에 대한 반발로 비춰진 이 상소 때문에 또 한번 소용돌이가 몰아쳤다. 효종조차 변호하기가 난감한 정도였으며, 결국 고산을 파직하고 화성(지금의 수원)에 집을 지어 주는 은혜를 베푼다.[47]

47) 화성에 효종이 하사했던 집을, 고산의 나이 82세에 헐어 바다로 운반하여 해남의 연동리에 옮겨 그대로 복원한 것이 해남의 녹우당이다.

〈윤선도 고택 녹우당〉

해남으로 돌아가지 않고 양주에 머물고 있던 고산에게 또 다른 사건이 벌어지게 되는데, 그동안 그의 방패막이가 되어 준 효종이 41세라는 젊은 나이에 세상을 뜨고 만 것이다. 효종의 갑작스런 죽음으로 인해 중앙정계는 다시 한 번 소용돌이가 휘몰아치는데, 첫 번째 사건은 효종의 산릉 문제였다. 조정에서는 산릉을 결정하는 관리로 고산과 이원진(李元鎭, 1594~1665)을 천거했는데, 풍수에 밝은 고산은 오랜 조사 끝에 수원의 홍제동을 천거했다. 산릉의 조성공사가 끝날 무렵 "수원은 나라의 큰 진(鎭)인데 읍을 옮기고 백성을 옮기게 하는 것은 매우 중대한 일이라 쓸 수가 없다"는 이의가 제기되었다. 수원사람이 권세가에게 뇌물을 주어 생긴 일이라는 소문이 떠돌긴 했지만, 경위야 어쨌든 이상진, 기정윤 등이 경기도 양주에 있는 건원릉을 추천했고, 여기에 송시열·송준열 형제가 가세하여 왕릉

이 건원릉으로 변경되어 버렸던 것이다. 이 과정에서 고산의 책임론이 불거지면서 갖은 비난을 받게 되었으니, 고산은 억울하기 짝이 없는 노릇이었다. 고산은 다시 한 번 쓰라린 경험을 맛보았지만, 산릉은 나중에 크게 보상을 받는다. 양주의 건원릉에서 변괴가 일어나 효종의 능은 15년 후 결국 여주의 홍제동으로 이장하게 된 것이다. 그리고 후일 정조에 의해 제대로 평가를 받고, 그 때『고산유고』의 간행도 이루어지게 되었으니 결과적으로는 보상을 받은 셈이었지만, 당시의 고산은 말로 표현하기 힘들 정도로 힘든 나날을 보냈을 것이다.

이 정도로만 그쳤어도 좋으련만, 산릉문제보다 훨씬 더 심각한 사건이 발생하게 된다. 효종의 장례를 둘러싸고 불거진 1차 예송논쟁이 그것인데, 효종의 계모인 조대비에 대한 상복을 입을 기간을 1년으로 하느냐 3년으로 하느냐를 두고 논쟁이 벌어진 것이다. 요즘의 입장에서 보면 그게 무슨 대단한 문제일까 하고 생각할 수도 있다. 그러나 효종임금을 장남으로 보면 3년간 상복을, 차남으로 보면 1년을 입어야 한다. 효종임금은 본래 둘째 아들이었므로 1년간 상복을 입어야 한다는 송시열 측의 주장과 둘째 아들이라도 세자로 삼은 뒤에는 장남으로 보아야 한다고 주장한 고산의 주장이 대립을 하게 된다. 표면적으로는 상복을 입는 기간에 관한 문제였지만, 효종을 적통 임금으로 인정하는 것과 관련된 민감한 문제가 얽혀 있었기에, 여기에서 패배를 하는 측은 치명타를 입을 수밖에 없었다. 결과적으로는 정치적으로 훨씬 더 큰 영향력을 가진 송시열과 서인들의 승리로 끝났고, 고산은 다시 한 번 참패를 당하게 된다.

고산이 참패하자 '극형에 처해야한다'는 대신들의 주청이 뒤따랐고, 현종은 '극변안치(極邊安置)' 즉 변방에 유배한 뒤 가시울타리를 둘러 가두는 형벌로 사태를 겨우 무마시킨다. 결국 고산은 74세의 나이에 함경도 삼수 땅으로 다시 유배를 당할 수밖에 없었다. 늙은 나이에 가는 유배의 길로 떠나는 고산의 심정을 「육변(六變)」 즉 '여섯 가지의 달라진 것'이라는 글로 나타내었다.

> 첫째, 이이첨이 세도를 부릴 때 내가 그 죄를 논하여 상소하였더니 승정원, 삼사(三司) 관학(官學)에서 하나같이 터무니없는 말을 만들어 멀리 귀양 보내고자 했다. 그러나 지금은 모두가 나를 기어이 죽이려 함이 하나의 변(變)이요,
>
> 둘째, 그 때는 내 나이 서른이었지만 지금은 일흔 넷인 것이 또 하나의 변이며,
>
> 셋째, 그 때는 홍원에 이르니 조 낭자가 하루 저녁에 세 차례나 나를 찾아와 위로해 주었는데, 지금은 이미 저승사람이 된 것이 또 하나의 변이요,
>
> 넷째, 그 때는 나의 험한 길을 염려하여 밤낮을 가리지

않고 갔지만, 지금은 기력이 쇠하고 고달파 마음 같지 아니하여 길을 조금씩 더듬어감이 또 하나의 변이요,

다섯째, 그때의 의금부도사나 이졸(吏卒)들은 내 몸이 피로할까 봐 근심하여 천천히 갔지만, 지금은 매양 앞에서 득달함이 또 하나의 변이요,

여섯째, 그 때는 지방의 지주들이 나와 멀리 가는 길을 걱정하여 돕지 않음이 없었건만, 지금은 두세 사람 외엔 서로 접하지 아니함이 또 한 변이다.

– 윤선도, 「육변문(六變文)」, 『고산유고』

다른 무엇보다 자신을 귀양보내는 것이 아니라 죽이려고 달려들었다는 사실에, 고산의 가슴이 아팠을 것이다. 흘러간 세월의 무상함보다 변해 버린 세상인심이 더 가슴 아팠던 것 같다. 유배가는 길도 만만치 않았겠지만, 삼수에서의 유배생활 또한 몹시 고통스러웠던 것 같다.

산이 가두고 있으니 굳이 울타리로 가둘 것까지야 없으련만
세 계절은 얼음 단지 같고 여름에는 찜통이네
지옥을 누가 말했나 있으리라고는 생각지 않았는데
사마온공은 여기에 와 보지도 않고 잘도 알았구나

– 윤선도, 「삼강기사(三江記事)」, 『고산유고』

당신이 유배 온 삼수를 '지옥'이라고 표현할 정도로 삼수에서의 유배생활이 고통스러웠던 것 같다. 다른 무엇보다 '세 계절은 얼음 단지 같고 여름에는 찜통'이라는 한데서, 그곳의 날씨가 얼마나 견디기 어려웠는지를 짐작케 해준다. 그런 와중에서도 고산은 자연에서 한 줄기 희망의 끈과 함께 새로운 성찰의 계기를 맞게 된다.

변방의 봄 저무니 봄빛이 없는데
유독 소빙화 한 가지만이 피었구나
음이 성하면 절로 옮겨진다 하니 실로 회복함이
이치요
양이 쇠한 지 오래 되었다 하니 실로 합당한 말이로다
공자의 일월이 어두워진 세상이라
도를 밝히는 봄바람 쌀쌀하기만 한 때로다
작은 것으로 인해 큰 덕을 미루어 알 수 있으니
그윽한 향기 재삼 맡으며 거듭 감탄하네

– 윤선도, 「소빙화 3수」, 『고산유고』

삭막한 땅, 날씨 불순한 가운데서 피우는 소빙화를 보고, 음양의 이치를 큰 덕을 다시금 깨달으며 소빙화의 그윽한 향기에 취한 고산의 모습에서, 그가 가진 불굴의 의지와 함께 거인의 풍모를 느끼게 해준다.

> 몇몇의 신선들이 여러 섬에서 노니니
> 천국이 여기 있음을 누가 알았을까
> 나무꾼들은 모두 구름 속에서 수레를 타고
> 우물가에 방아 찧는 일 여자들의 기쁨이라
> 곳곳에 옥으로 꾸민 궁전에 구슬달린 대문이 열렸고
> 집집마다 구슬로 장막하고 옥으로 감쌌네
> 두 해 동안 얼음 속에 갇혀 있지나 답답하나
> 지지고 볶는 번거로운 때일랑 잊기로 하자
>
> – 윤선도, 「눈 온 후 장난삼아 쓰다(雪後戲作)」, 『고산유고』

처음 삼수에 왔을 때 '지옥' 같았던 삼수가, 두 해가 지나는 동안 환경에 적응하고 마음을 다스린 고산에게 '천국'을 선물한 것이다. 눈이 온 뒤의 풍경을, 온갖 미사여구를 동원하여 나타낸 이시에서, 천상 시인일 수밖에 없는 고산의 모습을 본다. 유배지에 내리는 눈이 모든 유배자들에게 천국은 아닐 것이다. 천국이란 결국 발견한 자의 몫이라면, 고산은 이미 신선의 풍모를 지니고 있는 것이다. 지옥같은 유배지도 고산의 감성을 꺾지는 못했던 것이다.

힘들고 어려운 가운데서도 희망과 감성의 끈을 놓치 않으며,

무려 4년 9개월의 유배를 삼수에서 보내게 된다.

고산이 유배당한 기간에도 논쟁은 멈추지 않았다. 홍우원, 성대경(成大經) 등이 고산의 입장을 지지하는 상소를 올렸고, 상소에 힘입어 유배지가 삼수에서 광양으로 옮겨진다. 뒤이어 조경(趙絅, 1586~1669)과 이석복(李碩馥, 1687~?) 등이 고산의 석방을 탄원하기에 이른다.

우여곡절 끝에 고산은 1667년(현종 8) 8월, 마침내 유배에서 풀려나 해남으로 돌아와 선영을 돌아 본 뒤 9월에 보길도로 향한다. 71세에 상경했다가 74세에 유배를 가서, 81년에 돌아왔으니, 10년 만에야 귀향을 하게 된 것이다. 이때의 심경을 고산은 다음과 같이 표현했다.

> 삼공 벼슬자리도 신선산과는 바꿀 수 없지
> 귀양살이 중 근심은 오직 이곳을 떠나 있는 것 뿐
> 크나큰 성은을 입어 옛 고을에 돌아오니
> 벼슬은 바라지도 않아 살아 돌아옴만도 기쁘네
>
> – 윤선도, 「견회(遣懷)」, 『고산유고』

벼슬은 바라지도 않고, 살아 돌아 온 것만도 기쁘다는 마지막 구절에서, 몸과 마음이 다 지친 노정객의 소회가 느껴진다. 이후 고산은 자신이 원하던 바대로 3년여를 부용동 낙서재에서 은거하다 85세의 나이로 생을 마감한다. 그가 마지막으로 남긴 시에 고산의 인생역정이 모두 담겨있다.

> 내 어찌 세상을 거슬렀다고
> 세상일이 나와는 어긋나는가
> 높은 지위 마음 두지 않고
> 푸르른 광야처럼 살아가리라

– 윤선도, 「동하각(仝何閣)」, 『고산유고』

고산 자신이 보기에도 자신의 삶은 '세상과의 끊임없는 불화'였던 것이다. 물론 고산이 살았던 시대가 조선시대에서도 병자호란이라는 전란을 겪었다는 점과 왕권을 둘러싸고 벌어진 크나 큰 회오리와 당파싸움이 극심한 시기였다는 것도 한 몫 했을 것이다. 그보다는 근본적으로는 원칙주의자인데다 자신이 옳다고 생각하는 사안에 대해서는 목숨을 걸고 탄원하고 또 직설적으로 자신의 뜻을 내세운 그의 성격에서 비롯되었다고 보는 편이 맞을 것이다.

고산이 지닌 불굴의 의지와 맑은 감성은, 비록 정치적으로는 실패를 하게 만든 요인이었을지는 모르나, 국문학사에 빛나는 시인 윤선도를 만든 원동력이었던 만큼은 부인할 수 없는 사실일 것이다. 결과론적인 애기이긴 하지만, 세조가 왕위 찬탈을 하지 않았으면 우리는 국문학상 최초의 한문소설을 쓴 작가 김시습을 만나지 못했을 것이며, 고산이 세상에 적당히 타협하고 자신의 재주를 출세에만 사용했더라면 오늘날 우리는 조선시대 최고의 시인 고산 윤선도를 만날 수 없었을지도 모른다.

〈고산 윤선도 영정(그림: 채주도, 글: 김제운)〉